書下ろし

冥府《めいふ》に候《そうろう》

首斬り雲十郎

鳥羽 亮

祥伝社文庫

目次

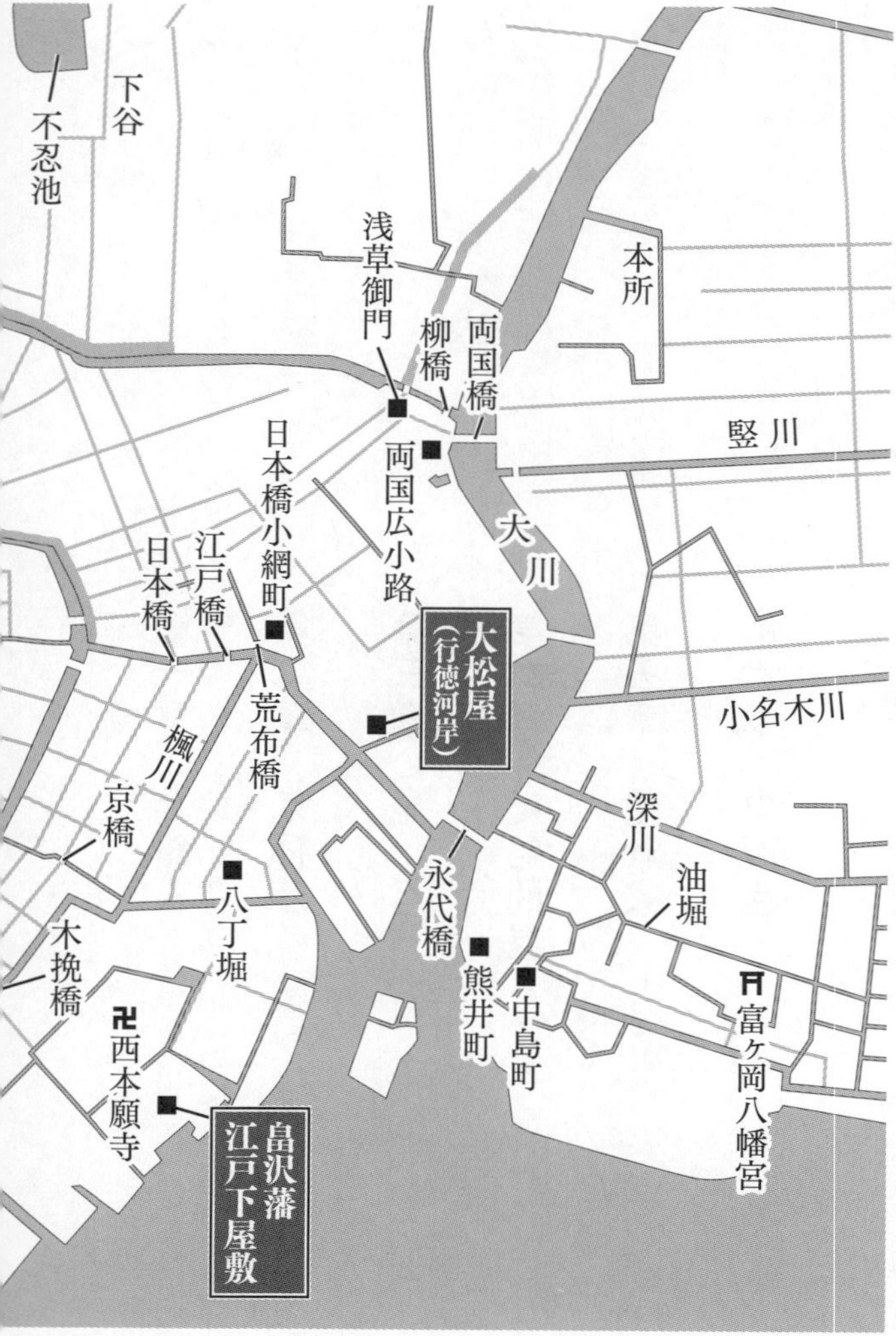

不忍池
下谷
浅草御門
柳橋
両国橋
本所
竪川
両国広小路
大川
日本橋小網町
江戸橋
日本橋
大松屋（行徳河岸）
荒布橋
楓川
小名木川
深川
京橋
八丁堀
永代橋
油堀
木挽橋
熊井町
中島町
富ヶ岡八幡宮
西本願寺
畠沢藩江戸下屋敷

『冥府に候　首斬り雲十郎』の舞台

第一章　介錯人

1

ザバッ、という音がして、巻藁《まきわら》が両断された。

鬼塚雲十郎《おにづかうんじゅうろう》は真剣をひと振りしてから、ゆっくりと納刀した。藁屑《くず》は、まったく落ちていない。わずかに、水飛沫《みずしぶき》が飛んだだけである。

雲十郎は、巻藁の切り口に目をむけた。

巻藁の芯にした青竹ごと、みごとに截断《せつだん》されていた。

巻藁は太さ四寸ほど、青竹を芯にして藁を巻き、所々縄で縛《しば》った物である。この巻藁を水に浸《ひた》して、たっぷりと水を含ませてあった。そのため水が飛んだのである。

雲十郎は、山田《やまだ》道場の片隅《かたすみ》で山田流試刀術の稽古《けいこ》をしていた。試刀とは、試し斬りのことである。人体を斬るかわりに、巻藁を使ったのだ。この太さの巻藁を両断すれば、ひとの胴を両断した程度の刃味《はあじ》があるとされていた。

むろん、実際に死体を斬ることもあったが、ふだんの道場の稽古では、巻藁、青竹、畳《たたみ》などを斬っていたのである。

「雲十郎、みごとだな」

脇で見ていた道場主の山田浅右衛門《あさえもん》（朝右衛門とも）吉昌《よしまさ》が、目を細めて声をかけた。

浅右衛門は、世に「首斬り浅右衛門」と呼ばれて恐れられている男である。山田家の当主は代々、山田浅右衛門を名乗り、吉昌は六代目であった。

山田家は代々牢人《ろうにん》の身であったが、『徳川家御佩刀御試御用役《とくせんけごはいとうおためしごようやく》』を家職としていた。簡単にいえば、死体を斬って徳川家の所持する刀、槍、薙刀《なぎなた》などの斬れ味を試す役柄であった。試刀術とは、死体を斬るための刀法である。

山田家の当主が徳川家に直接かかわりながら、代々牢人だったのは、刀槍の斬れ味を試すために人体を斬ったことから、穢《けが》れのある仕事とみなされていたからである。

浅右衛門は、試刀術の達人だった。五十八歳、鬢《びん》や髷《まげ》は白髪《しらが》が目立ち、額には皺《しわ》があったが、がっちりした体軀《たいく》で腰が据わっていた。胸や腕は、鋼《はがね》のような筋肉でおおわれている。試刀で、鍛《きた》えた体である。

山田家には、御試御用役の他に大事な仕事があった。幕府によって死罪に処せられる者の首斬り役を、山田家で代々受け継《つ》いできたのだ。山田浅右衛門が「首斬り」の異名をつけられ、江戸市民から恐れられたのは、死体を斬って御試御用役を務《つと》めていたからではない。牢屋敷内において、罪人の斬首をおこなっていたからだ。いわば、斬首の死刑執行人《しっこうにん》なのである。

「まだまだ、未熟でございます」

雲十郎は、額の汗を手の甲で拭《ぬぐ》いながら言った。

これまで、雲十郎は試刀の稽古を半刻（一時間）ほどつづけていた。真剣の素振りから始め、青竹斬り、畳斬り、巻藁斬りと進んできたのである。

山田家の道場は、外桜田《そとさくらだ》平川《ひらかわ》町二丁目にあった。他の剣術道場とちがって指南するのは、山田流試刀術と首打ちの術である。首打ちの術とはすこし大袈裟《おおげさ》だが、山田家は代々首打ち役をつづけてきたので、斬首のための刀法、土壇場《どたんば》に臨《のぞ》んだおりの心の持ちよう、稽古法など様々な工夫《くふう》がなされていた。それは試刀術とも通じるもので、斬首のための刀法もくわえて山田流試刀術と呼ばれていたのである。

この山田流試刀術を指南するために、山田家には道場があった。門弟《もんてい》たちは、小身の旗本や御家人の子弟などが多かったが、大名の江戸勤番の藩士もいた。いずれも、試刀術をもって身を立てようとする者たちである。

道場内には、十数人の門弟がいた。真剣の素振りをするおりの気合にまじって、巻藁、青竹、畳などを斬る音があちこちから聞こえてきた。

真剣で、立ててある青竹を斬ることで、太刀捌《たちさば》きや刃筋をたてて斬ることを身につけることができる。

古畳は立てておいて直接斬ることもあったが、山田道場では独特の遣《つか》い方をしていた。

まず、二枚の畳をわずかな隙間《すきま》を作って、立てておく。そして、その隙間を狙って斬り下げるのだ。すこしでも、刀身がまがると畳を切ってしまう。

刀で物を斬る場合、刃筋をたてることが何より大事で、狭い畳の隙間を狙って斬り下げることで、刀身を真っ直ぐ斬り下ろすことを身につけるのである。

「鬼塚は、国許《くにもと》で居合を修行したそうだな」

浅右衛門が訊《き》いた。

「はい、田宮《たみや》流居合をすこしばかり――」

雲十郎は二十七歳。白皙《はくせき》で切れ長の目をしていた。鼻筋がとおった端整《たんせい》な顔立ちをしていたが、憂《うれ》いの翳《かげ》があった。出府《しゅっぷ》してから、道場での試刀術の稽古だけでなく実際に死体を斬ったり、ときには浅右衛門や高弟の助役《すけやく》として斬首にかかわってきたからであろうか――。助役というのは、首打ち人の介添《かいぞ》え役のことである。

「居合の術は、試刀の技と通じるところが、あるのかもしれんな」

浅右衛門が言った。

「いかさま。……居合と試刀術は似たところがあるようです」

雲十郎は、試刀術を習い始めたときからそう思っていた。

居合と試刀の目的は、まったくちがっていた。居合は他の剣術と同様、生きている敵をいかに斬って斃《たお》すかだが、試刀は刀の切れ味を試すためのもので死者が相手である。いかに未熟でも、敵に斬り殺されるようなことはない。試刀の腕は、いかに綺麗《きれい》に多くの死体を斬れるかだけである。

試刀で死者を斬る場合、まず斬った体の部位が問題になる。骨のない柔らかな部位と骨の多い硬《かた》い部位では、斬れ味がまったく変わってくるからだ。むろん、骨の多い硬い部位を斬るのはむずかしい。

試刀の場合、主に人体の胴の部分が用いられるが、二体、三体と重ねて斬ることもあり、二つ胴、三つ胴……などと呼ばれていた。二つ胴は、死体を二体重ねて斬ることで、三つ胴は三体という意味である。同じ刀であれば二つ胴より、三つ胴を斬った者の方が、試刀の腕がいいことになる。

居合と試刀は、相手が生きているか死んでいるかの根本的なちがいがあるが、雲十郎は太刀捌き、刀をふるうおりの呼吸、ことに臨んだときの己の心の持ちようなど似たところがあるとみていた。

居合も試刀も一瞬の太刀に勝負を賭《か》けるため、己の心の動きが結果を大きく左右するのだ。

雲十郎は陸奥《むつ》国、畠沢《はたざわ》藩の家臣だった。十二歳のとき、国許の家の近くにあった田宮流居合を指南する滝山彦左衛門《たきやまひこざえもん》の道場で修行し、五年前に出府して山田道場に入門したのである。

畠沢藩は七万五千石の外様大名で、藩主は倉林阿波守忠盛《くらばやしあわのかみただもり》だった。

雲十郎が出府し、山田道場に入門して試刀術を学ぶようになったのは、それなりの理由があった。

雲十郎が出府する前、後藤安蔵《ごとうやすぞう》という先手組《さきてぐみ》の藩士が城下で酒を飲み、泥酔《でいすい》した揚《あ》げ句に通りかかった藩士と肩が触れたことで言い争いになり、相手を斬り殺してしまった。

後藤は切腹を命ぜられ、城下の寺の境内《けいだい》で腹を切ることになった。先手組のなかで、介錯人《かいしやくにん》を探したが、引き受ける者がだれもいなかった。やむなく、先手組の物《もの》頭《がしら》が剣の達者《たつしや》と評判のあった富沢弥之助《とみざわやのすけ》という先手組の者に、介錯人を命じた。

ところが、富沢は大変な失態《しつたい》を演じた。緊張した富沢は体が硬くなり、後藤の首ではなく後頭部に斬りつけてしまった。しかも、刃筋がたっていなかったために斬れず、刀身で頭を殴《なぐ》りつけたような格好になった。

焦《あせ》った富沢は、何とか後藤の首を落とそうとして、つづけざまに二度、三度と刀を振るった。後藤は顎《あご》や肩先を斬られ、血塗《ちまみ》れになりながら絶叫《ぜつきよう》を上げて、地面をのたうちまわった。それでも、死ななかった。

やむなく、富沢の介添え役の者たちが後藤を取り押さえ、首を押し斬りにした。押し斬りというのは、刀を首に当てて体重をかけて引き切ることである。

この醜態《しゆうたい》を耳にした藩主の忠盛は、

「わが家中には、切腹の介錯のできる者もおらぬのか!」

と激怒し、城代家老の粟島与左衛門《あわしまよざえもん》に、すぐに腕のいい介錯人を養成するよう命じた。

粟島は城代家老になる前に江戸家老をしており、江戸市中で首斬り人として評判の高い浅右衛門や山田道場のことを知っていた。そこで、腕のいい介錯人を育てるには、山田道場に入門させて修行させるのが早道だと考えたのである。

その白羽の矢がたったのが、雲十郎だった。五年前は二十二歳と若く、しかも藩内では、名の知れた田宮流居合の遣い手だった。家族は隠居した父親の五兵衛《ごへえ》、母親のひさ、それに十五歳になった妹の房江《ふさえ》がいた。五兵衛がまだ元気だったので、雲十郎が国許を離れても暮らしていけるはずである。さらに都合《つごう》のいいことに、雲十郎は三十五石の徒組《かちぐみ》であった。家禄《かろく》の高い要職にある者を出府させて、首斬りの道場に入門させることはむずかしいが、三十五石なら承知するだろう。藩専属の介錯人となれば、多少家禄を上げることも可能だった。

こうした経緯があって、雲十郎は山田道場に入門したのである。

「どうだ、次の小伝馬町《こでんま》での仕事で、わしの助役をやってみないか」

浅右衛門が、口許に笑みを浮かべて言った。

小伝馬町の仕事とは、罪人を斬首することだった。小伝馬町の牢屋敷のなかに、斬罪の刑場が設《もう》けられていた。土壇場と呼ばれている。

浅右衛門の助役は門弟のなかでも特別な存在で、浅右衛門に信頼された高弟がなる場合が多かった。

「喜んで、やらせていただきます」

雲十郎は、浅右衛門に頭を下げた。

2

浅右衛門が、雲十郎のそばから離れたとき、道場の戸口のそばにいた竹倉左兵衛《たけくらさへえ》が、慌《あわ》てた様子《ようす》で近付いてきた。

竹倉は四十がらみだった。大柄で浅黒い顔、眉《まゆ》が太く、ギョロリとした目をしていた。山田道場の高弟で、浅右衛門の手代わりを務めるほどの腕である。

「鬼塚、馬場新三郎《ばばしんざぶろう》なる者が来ているぞ」

竹倉が言った。

「それがしと同じ、畠沢藩の者です」

雲十郎は竹倉に頭《かち》を下げ、すぐに道場の戸口に足をむけた。

馬場は畠沢藩の徒士だった。雲十郎は出府したときから、同じ徒士だったこともあって馬場の町宿《ちょうじゆく》に草鞋《わらじ》を脱《ぬ》ぎ、いっしょに暮らしていた。馬場の父親も徒士を長年務めた後、隠居して国許にいる。名は伊八郎《いはちろう》。それに、母親のとめと十八歳になる弟、十三歳の妹がいる。馬場はまだ独り者で、家族を国許に残して江戸で暮らしていた。

馬場は徒士として己の任につき、雲十郎は徒士としての仕事は免除《めんじょ》され、山田道場に通っていたのだ。

町宿というのは、江戸の藩邸に入れきれなくなった家臣が住む、市井《しせい》の借家などのことである。

ふたりの住む町宿は、外桜田山元《やまもと》町にあった。山元町は山田道場のある平川町の隣町である。雲十郎が馬場といっしょに住むようになった理由のひとつに、町宿から道場まで近かったこともある。

馬場は、ひとりで戸口に立っていた。羽織《はおり》袴《はかま》姿で二刀を帯《お》びている。

「馬場、何かあったのか」

雲十郎は、すぐに訊いた。

「い、いや、御頭の大杉《おおすぎ》さまから、おぬしを藩邸に連れてくるようにとの御指示があったのだ」

馬場が声をつまらせて言った。

馬場は六尺ちかい偉丈夫《いじようふ》だった。赭黒《あかぐろ》い大きな顔をしており、眉や髭《ひげ》が濃かった。閻魔《えんま》でも思わせるような厳《いか》つい顔に見えるが、よく動く丸い大きな目に愛嬌《あいきよう》があり、何となく憎めない顔でもある。

馬場は二十八歳、雲十郎よりひとつ年上だが、同居しているせいもあって、お互いに呼び捨てにする間柄《あいだがら》だった。

大杉重兵衛《じゆうべえ》は、徒士頭だった。馬場たち徒士を支配する立場である。雲十郎も藩の役柄は徒士なので大杉が雲十郎の上役であることはまちがいない。

畠沢藩の場合、徒士頭は江戸にひとり、国許にひとりいる。徒士の主な仕事は、主君の外出のおりの身辺警護である。

現在、藩主の忠盛は領内にいるので、徒士の多くは国許にもどっていた。それでも、徒士は江戸の藩邸にいる江戸家老や用人などの重臣、正室や嫡男《ちやくなん》などの外出時にも警護にあたるので、江戸にも相応の人数が残っていた。

「馬場、大杉さまから呼び出しがあったのか」

雲十郎はすぐに訊いた。こんなことは、いままでになかった。

「そうだ」

「何事かな」

家中に何かあったようだ。

「佐久間恭四郎《さくまきようしろう》が、捕らえられたことは知っているな」

馬場が急に声をひそめて言った。

「知っている」

佐久間のことは、馬場から聞いていた。

三月《みつき》ほど前、国許で勘定《かんじょう》奉行《ぶぎょう》の横瀬《よこせ》長左衛門《ちょうざえもん》が、下城時、頭巾《ずきん》をかぶって顔を隠していた四人の武士に襲撃されて落命するという事件が起きた。その四人の名は、すぐに分かった。横瀬にしたがっていた従者が、四人のなかのひとりの右目の下に小豆《あずき》粒ほどの黒子《ほくろ》があったのを目にし、徒目付たちが心当たりを探して先手組の小頭、佐久間恭四郎であることをつきとめたのだ。

畠沢藩の場合、先手組は攻撃隊で七組に分けられていた。それぞれの組に物頭がおり、物頭の下に小頭、さらにその下に組子がいる。先手組の七組のうち、国許に五組、江戸に二組が配置されていた。ふだんは、城や藩邸の警備、城門の守衛などを行い、緊急時には藩と江戸の連絡係も務める。

ところが、目付筋の者たちは、佐久間を取り押さえることができなかった。正体が知れたとき、佐久間は他の仲間の三人とともに出奔《しゅっぽん》していたのだ。

国許から姿を消したことで、他の三人の正体も知れた。先手組、組子で佐久間の配下だった横山仙之助《よこやませんのすけ》、馬役の西尾多三郎《にしおたさぶろう》、御使番《おつかいばん》の八木沢稲助《やぎさわとうすけ》だった。三人の役柄は、それぞれ別だが、強いつながりがあった。

佐久間もくわえた四人は、城下にある一刀流草薙《くさなぎ》道場の門弟であった。しかも、いずれも藩内では名の知れた遣い手で、なかでも横山と西尾は屈指《くっし》の遣い手だった。道場主の草薙泉十郎《せんじゅうろう》や師範代の戸塚弥一郎《とづかやいちろう》の腕を凌《しの》ぐのではないかとも噂《うわさ》されていた。

ただ、江戸にいる雲十郎と馬場は、国許で何か騒動があったらしいと耳にしていただけで、四人がなにゆえ勘定奉行の横瀬を襲ったかは知らなかった。

そのようなおり、江戸の徒目付が、愛宕《あたご》下の畠沢藩の上屋敷近くを歩いている佐久間らしい男を目にし、尾行して赤坂新町《あかさかしん》の借家に身をひそめているのをつきとめ、すぐに取り押さえたのである。

それが一月ほど前のことだった。

目付筋の者が佐久間に他の三人の潜伏《せんぷく》先を詰問《きつもん》したが、佐久間はなかなか吐かなかった。それでも、捕らえた二日後に佐久間は三人の潜伏先を口にした。すぐに、目付筋の者たちが潜伏先の借家に急行したが、すでに三人は姿を消した後だった。

佐久間は、捕らえられた後の二日の間に仲間の三人が隠れ家から姿を消したとみて、口を割ったらしいのだ。

雲十郎は馬場からそうした経緯を聞いていたが、その後のことは知らなかった。馬場も聞いていなかったらしい。佐久間のことで何か動きがあれば家中で噂がたつはずなので、佐久間の吟味《ぎんみ》はつづけられているが、新たな動きはなかったのだろう。

「捕らえた佐久間のことらしいぞ」

馬場によると、大杉から、佐久間のことで雲十郎に頼みがあるので、藩邸に来るよう伝えてくれ、との話があったという。

「これから藩邸へ行くのか」

雲十郎が訊いた。

佐久間のことで、何かあったらしい。それも、雲十郎を呼び出すとなると、尋常《じんじょう》なことではないようだ。

「大杉さまは、急いでいるらしい」

「承知した」

雲十郎はすぐに道場にもどり、竹倉に藩命で愛宕下の上屋敷に出向くことを伝え、稽古着から羽織袴に着替えた。

雲十郎は馬場とともに愛宕下にむかった。陽は西の空にかたむいていたが、まだ陽射しは強かった。

表通りを行き来する者たちが長い影を曳《ひ》いて、初秋の陽射しのなかを足早に通り過ぎていく。

3

藩邸内の小屋にいたのは、大杉だけではなかった。江戸家老の小松東右衛門《こまつとうえもん》と大目付の先島松之助《さきしままつのすけ》もいた。小松をはじめ他のふたりも、江戸における畠沢藩の政《まつりごと》の舵《かじ》を握る重臣である。

小屋は、藩邸内にある重臣たちの独立した住居で、座敷がいくつもあった。その奥座敷に雲十郎たちは対座した。

「鬼塚雲十郎にございます」

雲十郎は、三人に頭を下げた。

この場に、馬場の姿はなかった。馬場は他の徒士の住む長屋で、雲十郎がもどるのを待っているはずである。

「鬼塚、久し振りだな。……どうだ、山田道場での稽古は」

大杉がおだやかな声で訊いた。

大杉は四十がらみ、面長《おもなが》で目が細く、頤《おとがい》が張っていた。雲十郎は出府した当初、大杉に会っていろいろ指示を受けたが、ちかごろは会う機会がすくなくなっていた。

「お蔭《かげ》さまで、よい稽古をさせてもらっております」

「それはなにより……それで、切腹の介錯をしたことがあるのか」

大杉が訊いた。

小松と先島は、座したまま雲十郎に目をむけている。

「まだ、介錯をしたことはございません」

雲十郎は、山田道場に通うようになって五年経《た》つが、まだ武士の切腹の介錯人を務めたことはなかった。

「首を打ったことは」

「これまでに、五人、首を落としました」

雲十郎は浅右衛門とともに小伝馬町に出かけ、牢屋敷内で罪人の首を斬ったことがあった。斬首の刑が行われる場合、ひとりということはすくなく、五、六人とまとめて刑を執行することが多い。人数が多いと、浅右衛門だけで斬るわけにはいかず、高弟たちもくわわるのである。

雲十郎は、これまでに三度、浅右衛門の手代わりの一人として小伝馬町に出向き、罪人の首を落としたのである。

「五人もの首を落としたのか。……罪人の首も、切腹する者の首も、落とすのはさほど変わらぬのではないか」

先島が訊いた。

先島は四十代半《なか》ば、中背で痩《や》せていた。目が細く、鼻筋がとおっている。

「相手によります」

罪人の斬首に手慣れた者であっても、相手によっては為損《しそん》じることがある、と雲十郎が話した。

斬首の直前に、罪人が錯乱《さくらん》して暴れたり、首を振ったりすると、どうしてもうまく首が落とせないのだ。そのため、山田流では、土壇場に引き出された罪人の心をいかにして静め、気持ちを落ち着かせるかも首打ち人の腕のうちとみられていた。切腹の介錯も同じであろう。

そのとき、黙って雲十郎と先島のやり取りを聞いていた小松が、

「腹を斬るのは、佐久間恭四郎だ」

と、低い声で言った。

小松は五十がらみ、痩身長軀《そうしんちょうく》で、面長だった。鼻梁《びりょう》が高く、切れ長の細い目をしていた。その目が、切っ先のような鋭いひかりを宿している。

「佐久間……」

馬場から聞いていた勘定奉行の横瀬を斬って出奔した男である。

「国許から、切腹の沙汰《さた》がとどいたのだ」

小松によると、佐久間を捕らえた三日後には、江戸から国許に佐久間を捕らえたことを報《しら》せる使者を送ったという。そして、一昨日、切腹の沙汰が届いたそうだ。沙汰が早いのは、国許では佐久間を重罪人とみているからであろう。

「どうだ、佐久間の首を落とせるか。……此度《こたび》は、どうあっても見事に首を落としてもらいたいのだ」

小松が語気を強くして言った。

「それで、佐久間どのの覚悟《かくご》のほどは？」

佐久間が切腹の覚悟をしているかどうかで、介錯人の立場も大きく変わってくる。切腹の場に引き出されてから抵抗するようだと、それこそ体を押さえて首を押し斬りにせざるを得なくなる。

「覚悟はできているようだ」

先島が言った。大目付の先島が、佐久間の吟味にあたったので、佐久間の様子が分かるのだろう。

「切腹の沙汰があったことを話したのは、わしだが、佐久間に動揺した様子は見られなかった。……無言のままうなずいただけだ」

先島がつづけて言った。

「……」

それならば、切腹に臨んで暴れたり、抵抗したりしないだろう。

「ただ、ひとつ懸念《けねん》がある」

小松が眉を寄せて言った。

「どのような懸念でございましょうか」

雲十郎が訊いた。

「家中にな、少数だが、佐久間に味方する者がいるようなのだ。その者たちに、何か動きがあるやもしれぬ」

「……！」

雲十郎は小松に目をやった。

佐久間に味方する者がいるとは、どういうことであろうか。江戸の藩邸のなかに佐久間に同調する者がいて、切腹の妨害《ぼうがい》でも画策しているのであろうか——。

「くわしいことは、まだ言えぬが、国許でちょっとした事件があってな。その事件が原因で、佐久間たちは勘定奉行の横瀬を斬って出奔したらしいのだ。……その事件にかかわる者が江戸にもいてな、陰《かげ》で佐久間たちを支えていたようだ」

小松が困惑したような顔をして言った。

「切腹のおりに、家中に動きがあるとみているのですか」

雲十郎が訊いた。佐久間に味方する者の動きというのは、佐久間を救出することではあるまいか——。

「いや、表だった動きはあるまい。……ただ、切腹の場で何か混乱が起こり、集まっている家中の者たちが、騒ぎだすようなことにでもなれば、その機に乗じて何か仕掛けてくるかもしれぬ」

小松が言った。

「……！」

雲十郎は、ただの介錯ではすまないようだ、と思ったが黙っていた。

「そのためにも、佐久間の首を見事、落としてもらいたい」

小松が、強いひびきのある声で言うと、

「いま、わが家中には、佐久間の首を落とせるのは鬼塚しかおらぬ。……鬼塚、やってくれ」

大杉が雲十郎を見つめて言い添えた。

「承知いたしました」

雲十郎は、やるしかないと思った。

4

風のない晴天だった。雲十郎は馬場とふたりで、明け六ツ（午前六時）の鐘の音を聞いてから、町宿を出た。雲十郎は馬場に介錯の介添え役をやってもらうつもりだった。いざというときのためである。

馬場は、鏡新明智流《きようしんめいいち》の遣い手だった。いざというときには役に立つ。鏡新明智流の道場主は桃井春蔵《もものいしゆんぞう》で、士学館《しがくかん》とよばれる道場が南八丁堀大富町《みなみはつちようぼりおおとみ》蜊河岸《あさりがし》にあった。

馬場は十八歳のおりに江戸詰めを命じられて出府したが、藩に願い出て士学館に通い、腕を磨《みが》いたのである。

この時代（弘化《こうか》のころ）、士学館は千葉周作《ちばしゆうさく》の玄武館《げんぶかん》、斎藤弥九郎《さいとうやくろう》の練兵館《れんぺいかん》などと並び、江戸の三大道場と謳《うた》われた名門である。

「鬼塚、佐久間だがな、国許の広瀬《ひろせ》さまに与《くみ》していたようだぞ」

馬場が歩きながら言った。

広瀬益左衛門《ますざえもん》は、国許の次席家老だった。広瀬家は畠沢藩の名門で、代々城代家老を出すほどの家柄であった。次席家老の広瀬はまだ三十代半ばで、いずれ城代家老になると目されている男である。

「広瀬さまは、粟島さまと馬が合わないと聞いたことがあるが……」

雲十郎が言った。

雲十郎は国許にいるときから、粟島と広瀬はうまくいっていないという噂を耳にしていた。

城代家老の粟島は還暦《かんれき》にちかい老齢だが、なかなかのやり手で家臣たちの信望は厚かった。一方、広瀬はまだ若く、血気に逸《はや》って施策《しさく》を強引に推《お》し進めるところがあった。

雲十郎のような身分の低い者には、為政者の実際の言動は分からないが、若い広瀬の方が粟島に反目《はんもく》しているような節があった。

広瀬は、藩士たちの信望を集めている粟島を快《こころよ》く思っていないのかもしれない。

「おれは、家中をまわって色々訊いてみたのだがな」

馬場が、そう前置きして話しだした。

「いまも、粟島さまと広瀬さまは、反目し合っているらしいぞ。……殺された横瀬さまは、粟島さまの側近でな。そうしたかかわりもあって、佐久間は横瀬さまも殺したのかもしれん」

「それで」

雲十郎は話の先をうながした。

「表向きは平穏のようだが、国許のお偉方《えらがた》の間では、粟島派と広瀬派に分かれて対立がつづいているらしい」

馬場が丸い目をひからせて言った。

雲十郎が、江戸家老の小松に、佐久間の切腹のおりの介錯を命じられて五日経っていた。この間、馬場は藩邸内をまわって色々聞き込んだらしい。

「江戸でも、そうした動きがあるのか」

雲十郎の胸に、小松や先島が、佐久間に味方する者がいる、と口にしたことが蘇《よみがえ》った。広瀬派が江戸にもいて、佐久間の切腹を阻止《そし》しようとしているのではあるまいか――。

「ないとは言えないな。……江戸にも、佐久間に味方する者が何人かいるようだからな」

馬場が声をひそめて言った。

「その者たちは、だれか分かっているのか」

「おれが話を聞いた者たちは名までは知らなかったが、ご家老や御頭たちは、何人かつかんでいるのではないかな」

「そやつら、切腹の場に姿を見せるのか」

その場にいれば、妨害のために声ぐらいかけるかもしれない、と雲十郎は思った。

「切腹の場にもいる、とみておいた方がいいな」

馬場によると、切腹の場はそれほどひろくはないが、藩士たちの席も設けられるという。

……気を乱さぬことだ。

雲十郎は、胸の内でつぶやいた。

そんなやり取りをしながら歩いているうちに、雲十郎たちは愛宕下にある畠沢藩の上屋敷に着いた。

まだ、四ツ（午前十時）ごろだった。雲十郎と馬場には、仕度《したく》のために小松の小屋に座敷が用意されていたが、小屋には入らず、先に切腹の場を見ておくことにした。

切腹の場は、藩邸の中庭に造られることになっていた。行ってみると、中庭の一角が掃《は》き清められ、白幕が張られていた。

雲十郎と馬場は、白幕の間から切腹の場に入ってみた。掃き清められた地面に砂が撒かれていた。まだ、切腹者の座る縁《ふち》なし畳は敷《し》かれていなかった。数人の藩士が中間《ちゅうげん》や小者などに指図して畳や手桶《ておけ》を運んだり、藩士たちの座る場に莫蓙《ござ》を敷いたりしていた。

藩士たちの場は、正面と左手らしかった。正面には、床几《しょうぎ》が並べられていたので、家老の小松をはじめとする重臣たちの席であろう。左手は莫蓙を敷いているので、他の藩士たちの席らしい。

右手には、庭木の松が二本あって狭かった。おそらく介錯人や介添え人の控《ひか》えの場になるのだろう。

雲十郎は、切腹者の座る場と介錯人の立つ位置を思い描き、まず陽の位置を確かめてみた。

……陽射しは邪魔にならぬ。

切腹は、八ツ（午後二時）ごろと聞いていた。陽は、介錯人の左手にまわっているはずである。

次に、居並ぶ重臣や藩士たちの場を見たが、それほど邪魔にはならないようだ。藩士たちの一部が視界に入るが正面ではないので、変わった動きをしても気を乱されることはないだろう。

「馬場、もどろうか」

雲十郎が、馬場に声をかけた。

「介錯の支障《ししょう》になることはないか」

「ない」

「そうか。……おれは、刀に水をかけるだけでいいのだな」

馬場が念を押すように訊いた。馬場も、緊張しているらしい。介錯人の介添え役は初めてのことなのだ。

「見ているだけでいいが、何か異変があれば、手を貸してもらう」

馬場に出番があるとすれば、雲十郎が介錯を為損じたときである。

雲十郎たちは切腹の場から出て、小松の小屋に入った。いっときすると、小松が下女に湯漬けを用意させた。ふたりが湯漬けで腹ごしらえをし終えると、小松がふたたび姿を見せ、

「何か、こちらで用意する物があるかな」

と、訊いた。小松も、藩邸内で切腹をさせるのは初めてらしく、気を使っているよ

うである。

「いえ、何もございません」

雲十郎は、自分で介錯に遣う刀、襷《たすき》などを用意していた。桶や柄杓《ひしやく》などは、馬場を通して、大杉に伝えてある。

馬場も小袖《こそで》と袴姿で切腹の場に臨むが、襷だけは用意していた。

「頼んだぞ」

そう言い置いて、小松は座敷から出た。

八ツ前に、雲十郎と馬場は仕度を始めた。仕度といっても襷で両袖を絞《しぼ》り、刀の目《め》釘《くぎ》を確かめただけである。

仕度を終えてすぐ、先島の配下の目付がふたり、雲十郎たちを迎えにきた。

雲十郎は羽織を肩にかけ、介錯に遣う刀を帯びて座敷を後にした。雲十郎と馬場は、ふたりの目付にしたがい、中庭に出た。白幕のなかから、大勢の人声が聞こえてきた。藩士たちが集まっているらしい。

5

「こちらへ」

先導役の目付が、白幕の間から雲十郎と馬場を切腹の場へ先導した。

左手に仕掛けた莨蓙の上に、藩士たちが居並んでいた。三、四十人いるだろうか。私語が聞こえていたが、雲十郎たちが姿を見せると、いっせいに口をつぐんで視線を集めた。いずれも、緊張と好奇の入り交《ま》じったような顔をしていた。

正面の床几には、数人しかいなかった。大杉の姿はあったが、小松や先島はまだらしい。

切腹の場には、縁なし畳が二枚並べられ、その背後に白屏風《しろびょうぶ》が立てられていた。まだ、佐久間の姿はない。

雲十郎と馬場は、右手の松の幹《みき》の脇に案内された。そこが、介錯人と介添え人の控えの場所である。

水の入った手桶と柄杓が用意されていた。脇に、中間が数人控えていた。佐久間が切腹した後、死体を運び出す役だが、何かあれば飛び出してことにあたるはずである。

いっときすると、正面で人声が聞こえ、羽織袴姿の武士が数人姿を見せた。江戸詰めの重臣たちである。小松と先島、それに年寄の松村喜右衛門《まつむらきえもん》、留守居役の内藤伝兵衛《ないとうでんべえ》の姿もあった。

小松が正面の床几に腰を下ろすと、先島と他の重臣たちが、左右にふたりずつ腰を下ろした。

ふたたび、居並んだ藩士たちの間から私語が起こったが、白幕の近くにいたふたりの藩士が幕を上げると、すぐに私語がやんだ。居並んだ藩士たちの目が、上げられた白幕の方に集まっている。

何人かの足音が聞こえ、五人の武士が姿を見せた。先頭に、浅葱《あさぎ》色で無紋の肩衣《かたぎぬ》と白小袖姿の男がいた。佐久間であろう。

佐久間に付き添っている藩士は四人、両側にふたり、背後にふたりいた。いずれも、羽織袴姿である。

佐久間は白幕の間からなかに入って足をとめ、正面に座している小松たちに目をむけたが、表情も動かさなかった。

すこし、顔が蒼《あお》ざめていたが、足取りはしっかりしていた。いくぶん緊張して体は硬くなっているようだが、恐怖や怒りで取り乱している様子はなかった。

……覚悟はできているらしい。

と、雲十郎はみてとった。

雲十郎にも胸の高鳴りがあったが、佐久間の様子を見て落ち着いた。

佐久間は無言のまま、白屏風を背にして二枚の畳のなかほどに座した。付き添いの藩士に抵抗する様子はなかった。ただ、双眸《そうぼう》には、射るようなひかりが宿っていた。

凝《じっ》と正面の小松たちを見すえている。

付き添いの四人がその場から身を引くと、入れ替わるように先島が佐久間に近付き、

「何か、言い残すことはあるか」

と、小声で訊いた。

「ない」

佐久間は一言だけ口にし、すぐに唇《くちびる》を引き結んだ。

先島は雲十郎に顔をむけて、「始めてくれ」と小声で言い残し、正面の席にもどった。

雲十郎は立ち上がった。羽織をはずし、袴の股立《ももだち》を取った。馬場は袴の股立を取る

と、水の入った手桶の脇にかがんだ。

すぐに、三人の藩士が白幕の間から入ってきた。先頭の藩士が、三方《さんぽう》に奉書紙につつんだ短刀を載せて運んできた。背後のふたりは、付き添いらしい。短刀は、切腹のおりに遣われる白鞘の九寸五分である。

雲十郎は三人の藩士の姿を目にすると、腰に帯びた刀を抜いた。

キラリ、と刀身がひかった。石堂是一《いしどうこれかつ》の鍛えた刀である。

刀身の地肌は澄《す》み、刃文は逆丁子乱《ぎやくちようじみだ》れで覇気に富んでいる。丁子乱れは、刃文が丁子の花に似ていることからそう呼ばれるようになった。逆丁子乱れは、丁子乱れが逆になったものである。

雲十郎が刀身を馬場の方に差し出すと、すかさず馬場が柄杓で水を汲《く》み、刀身にかけた。

スー、と水が刀身をつたい、陽射しを反射《はね》て黄金色の絹糸のように切っ先から落ちていく。

山田一門では、斬首の前に刀身に水をかけるようにしていた。切れ味をよくし、刀身に血糊《ちのり》が付かないようにするためであろうが、雲十郎には別の目的があった。切っ先から落ちる水の滴《しずく》を目にすると、不思議と心が落ち着くのである。

雲十郎は、是一を手にしたまま佐久間に近寄った。

佐久間は近付いてくる雲十郎に目をむけたが、何も言わず、すぐ膝先《ひざさき》に置かれた短刀に目を移した。顔がこわばっている。さすがに、切腹のための短刀を目の前にして、平静ではいられないのだろう。

居並んだ藩士たちは、こわばった顔で佐久間を見つめている。私語はむろんのこと、咳《しわぶき》ひとつ聞こえなかった。水を打ったように静まり返っている。

「それがし、鬼塚雲十郎でござる。……介錯つかまつります」

雲十郎は作法《さほう》通り名乗った。ただ、畠沢藩士であることも身分も名乗らなかった。畠沢藩士ではあるが、山田道場の門弟でもあったからだ。

佐久間は、ふたたび雲十郎に目をむけ、怪訝《けげん》な表情を浮かべたが、すぐにけわしい顔にもどった。

「これなるは、是一が鍛えし、二尺三寸（約七十センチ）にございます」

そう言って、雲十郎は刀身を佐久間の前に差し出して見せた。

介錯人が、介錯に遣う刀を切腹者に知らせることはめずらしくなかった。切腹者も自分の首が名刀で斬られると思えば、多少なりとも満足感を持つのである。

石堂是一は、幕府のお抱《かか》え刀鍛冶《かたなかじ》のひとりだった。幕府の御試御用役を務める浅右衛門は、是一の鍛えた刀をよく試した。そのため、山田家にも是一の刀が何振りかあり、雲十郎はその一振りを借りてきたのである。

「……………」

佐久間はちいさくうなずいたが、何も言わなかった。

雲十郎はゆっくりとした動きで刀身を振り上げ、八相《はっそう》に構えた。

その雲十郎の動きにうながされるように、佐久間は浅葱色の肩衣をはねた。そして、両襟《りょうえり》をひらいて腹を出すと、左手を伸ばして短刀をつかんだ。

そのときだった。藩士たちの居並んだ席から、

「佐久間どの！」

という昂《たかぶ》った声が、ひびいた。

その声で、一瞬佐久間の動きがとまった。居並んだ藩士たちの目が、いっせいに声のした方に集まった。

だが、雲十郎は見向きもしなかった。気を静め、佐久間の動きを見つめている。

つづいて声は起こらず、ふたたび切腹の場は静寂《せいじゃく》と張り詰めた緊張とにつつまれた。

佐久間は、左手に持った短刀を右手に持ち替えた。藩士たちの目も、佐久間に集まっている。

雲十郎の白皙が、朱を刷《は》いたように染まってきた。全身に気勢が満ち、斬り下ろす気配が高まっている。

切腹のおりに、介錯人が首を落とす機会は、いくつもあった。「三段の法」「四段の法」「九段の法」などと呼ばれている。ちなみに、三段の法は三度の機会のことで、切腹者が短刀を手にしたとき、短刀を突き刺す左腹に目をやったとき、そして、腹に短刀を突き立てたときである。

九段の法になると、切腹者が腹を十文字に掻《か》き切り、短刀を置いたときまで待って首を落とすのだ。

雲十郎は、佐久間がどこで首を落とすか指示しなければ、短刀を左腹に突き立てたとき、斬ろうと思っていた。

佐久間は、左手で腹を押し撫《な》でた。無言だった。凝《じっ》と正面を見すえている。

佐久間は右手を腹から離すと、いきなり短刀の切っ先を左腹に突き刺した。

刹那《せつな》、雲十郎の刀が一閃《いっせん》した。

頸骨《けいこつ》を断《た》つにぶい音がし、佐久間の頭が前に落ちた。

次の瞬間、佐久間の首根から血が赤い帯《おび》のようにはしった。首の血管《ちくだ》から勢いよく噴出した血は、まさにはしったように雲十郎の目に映じた。

血は心ノ臓の鼓動に合わせ、勢いよく三度噴出し、その後はタラタラと流れ落ちるだけになった。

佐久間は座したまま首を抱くような格好《かっこう》で死んでいた。雲十郎が喉皮《のどかわ》だけを残して斬首したため首は畳まで落ちず、前に垂《た》れ下がったのだ。抱き首と呼ばれる斬首である。

切腹の場は、水を打ったような静寂につつまれていた。

そのとき、藩士たちのなかから、

「佐久間どの、見事なご最期《さいご》でござった」

と、涙声が聞こえた。さきほど聞こえた声とは、別人のようである。

後につづく声はなく、居並んだ藩士たちは声の方に視線をむけようともしなかった。

西の空にまわった陽が、やわらかな茜《あかね》色の陽射しで首のない佐久間をつつんでいた。辺《あた》りに飛び散った血だけが、目を射るように鮮やかだった。

6

「鬼塚、見事な手並、見せてもらったぞ」

小松が満足そうに言った。

小松の小屋の座敷だった。雲十郎、馬場、小松、先島、大杉の五人がいた。切腹の介錯を終えた後、雲十郎と馬場の労をねぎらうために酒肴《しゅこう》の膳が出されたのだ。

「わしも、あれほど見事な介錯は見たことがないぞ。さすが、山田どののところで、修行しただけのことはある」

先島が目を細めて言った。

「佐久間どのの腹が据わっていたからでございます」

雲十郎は、醜《みにく》い愁嘆場《しゅうたんば》にならなかったのは、佐久間が武士らしく腹を切ったからだと思っていた。

「いずれにしろ、何事もなく済んだのは、鬼塚の見事な手並によるところが大きい」

小松が言った。

そうした切腹の場での話題が一段落すると、

「鬼塚と馬場には、また手を貸してもらうことがあるかもしれんぞ」

と、先島が声をあらためて言った。大目付らしい厳しい顔付きになっている。

おそらく、先島は雲十郎と馬場が、江戸にいる藩士のなかでは屈指の剣の遣い手と知っていて、そう言ったのだろう。

畠沢藩の大目付は、藩士の勤怠《きんたい》を監察するとともに藩士たちが起こした事件を探索し、捕らえた者を吟味する役だが、実際に動くのは配下の目付組頭や目付たちである。

畠沢藩の大目付は国許にひとり、江戸にひとりいる。江戸の目付筋を統率しているのが、先島であった。

「先島さま、何か懸念がございますか」

そう訊いたのは、馬場だった。

「何が起こるか分からないが、まだ、始末のついてないことがあるからな」

先島が、佐久間といっしょに出奔した八木沢、横山、西尾の名を口にし、

「まだ、三人の隠れ家もつかんでおらぬのだ」

と、渋《しぶ》い顔をして言い添えた。

小松と大杉の顔からも笑みが消え、表情がけわしくなった。

「……………」

雲十郎にも、先島たちの懸念は分かった。

勘定奉行の横瀬を斬殺して出奔した四人のうち、始末がついたのは佐久間ひとりだけである。それに、残る三人を捕らえて腹を切らせても、始末はつかないかもしれない。江戸の藩士のなかにも、佐久間たちに与する藩士がいるようなのだ。切腹の場で、すくなくともふたり声を上げたが、佐久間に味方していたことは確かである。当然、小松たちも気付いただろう。

「何かあれば、ふたりに声をかけるが、そのときは頼むぞ」

先島が言うと、

「徒士組としても、お役にたつことがあれば使っていただきたい」

大杉が身を乗り出すようにして言った。

本来藩士のかかわった事件の探索や吟味にあたるのは、大目付の配下の目付たちだが、大杉も雲十郎と馬場が、己の配下なのでそう言ったらしい。

「鬼塚、馬場、頼むぞ」

大杉が、ふたりに顔をむけて言った。

「心得ました」

馬場が応えると、すぐに雲十郎もうなずいた。

藩の仕事から離れているとはいえ、大杉雲十郎は畠沢藩から扶持《ふち》を得ている身で、大杉の配下なのである。

それから、半刻（一時間）ほどして、小松が腰を上げた。つづいて大杉と先島が立ち上がったので、雲十郎と馬場も大杉たちといっしょに小松の小屋から出た。

大杉と先島はそれぞれの小屋にもどったが、雲十郎と馬場は藩邸の裏門から路地に出た。すでに、辺りは夜陰につつまれていたが、これから山元町の借家まで帰るつもりだった。

五ツ（午後八時）ごろであろうか。満天の星だった。頭上に十六夜《いざよい》の月が、皓々《こうこう》とかがやいている。

雲十郎と馬場は、大名小路と呼ばれる大名屋敷や大身の旗本屋敷のつづく通りを北にむかって歩いた。

幸　橋《さいわいばし》御門の近くまで来たとき、雲十郎が馬場に身を寄せ、

「おれたちを尾《つ》けている者がいるようだぞ」

と、小声で言った。

雲十郎は、藩邸を出てまもなく、背後から歩いてくる男の姿を目にとめた。闇にかすんではっきりしなかったが、武士のようである。しかも、ひとりではなく、複数いるようだった。その男たちが、いま雲十郎たちの背後にいる。

「おれも気付いていた」

馬場が、闇のなかに丸い目をひからせて言った。

雲十郎は、あらためて背後を振り返って見た。そのとき、人影が樹陰から築地塀《ついじべい》の陰へ移ろうとした。一瞬だが、月明りのなかに三人の姿が浮かび上がった。三人はすぐに大名屋敷の築地塀に身を寄せ、その姿を闇に隠した。

……頭巾をかぶっている！

三人とも、頭巾をかぶっているのが分かった。

「きゃつら、頭巾をかぶっているぞ」

雲十郎が小声で言った。

「通りすがりの者ではないな。おれたちを尾けてきたのだ。……何者だろう」

馬場の声が昂っている。

「八木沢たち三人ではないかな」

根拠はなかった。三人だったので、国許から佐久間とともに出奔した八木沢、横山、西尾の三人のことが頭に浮かんだのである。

「おれたちを尾けて、行き先をつかむつもりか」

馬場が言った。

「尾けてきただけではあるまい。……屋敷のない場所で、襲ってくるかもしれんぞ」

頭巾で顔を隠し、三人もで尾行するはずはなかった。

そんなやり取りをしている間に、雲十郎たちは幸橋御門前に出た。

雲十郎と馬場は、門前を左手におれてから小走りになった。背後の三人の姿が見えなくなったところで距離をとり、三人の出方をみようと思ったのだ。

通りの左手は外濠《そとぼり》、右手は空き地になっていて雑草が生い茂《お しげ》っていた。日中は人通りの多い場所だが、いまは人影がなくひっそりとしている。

「おい、やつら、走ってくるぞ！」

馬場が声を上げた。

背後を振り返ると、すぐ後ろに三人の姿が見えた。疾走《しっそう》してくる。三人の姿が、月明りのなかにはっきりと見えた。三人とも小袖と裁着袴《たっつけ》。黒頭巾で顔を隠し、腰に大小を帯びている。

「襲ってくるぞ！」

雲十郎は、三人の身辺に殺気があるのをみてとった。

「に、逃げるか！」

馬場が、走りながら言った。

声がつまり、顎が突き出ている。馬場は、ドタドタと体を揺らして走っていた。大柄で肉付きがいいせいか、走るのは苦手のようだ。

すぐに、背後の三人との間がつまってきた。

「逃げられぬ！」

雲十郎は、足をとめた。

「や、やるしかないな」

馬場が、息をはずませて言った。顔が紅潮《こうちょう》して赭黒く染まっていた。丸い目が夜陰のなかに白く浮き上がり、ギョロギョロと動いている。

7

雲十郎と馬場は外濠を背にし、刀をふるえるだけの間をとって立った。この場で、三人と闘うつもりだった。

三人の男はばらばらと走り寄り、雲十郎の前に長身の男が立った。もうひとりが、すばやく左手にまわり込んだ。

もうひとり、中背の男が馬場と相対した。

「な、なにやつだ！」

馬場が、前に立った男に誰何《すいか》した。

「名乗ることはできぬ！」

男が語気を強めて言い、刀の柄を右手でつかんだ。やはり、三人は雲十郎たちを斬る気らしい。

「畠沢藩の者か」

雲十郎が訊いた。

「問答無用！」

言いざま、雲十郎の前に立った長身の男が抜刀した。

雲十郎は左手で刀の鯉口《こいぐち》を切り、右手を柄に添えると、腰を沈めて居合腰《いあいごし》にとった。居合の抜刀体勢をとったのだ。雲十郎は田宮流居合の手練《てだれ》である。

長身の男は、青眼《せいがん》に構えた。腰が据わり、切っ先がピタリと雲十郎の目線につけられている。なかなかの遣い手らしい。ただ、かすかに切っ先が震えていた。真剣勝負の気の昂りで、体に力が入り過ぎているのだ。

雲十郎との間合はおよそ三間半（約六・三メートル）――。まだ、居合の抜刀の間合の外である。

「居合か」

長身の男は、雲十郎の抜刀体勢を見て、居合を遣うとみてとったようだ。

「いかにも――」

雲十郎は、左手の男に目をやった。中背で痩身である。八相に構えていた。やや腰が高かった。それに、雲十郎との間合が四間（約七・二メートル）ほどもあった。すぐに、斬り込んでこられない遠間《とおま》である。

男の八相に構えた刀身が、小刻みに震えていた。刀身が月光を乱反射し、夜陰のなかに銀色の光芒《こうぼう》を浮かび上がらせている。

……それほどの遣い手ではない。

と、雲十郎はみてとった。

一方、馬場は八相に構えていた。両肘《りょうひじ》を高くとり、刀身を垂直に立てている。その大柄な体とあいまって、大樹のような威圧感があった。

対する中背の男は青眼に構え、切っ先をやや高く、馬場の左拳につけていた。八相に対応した剣尖《けんせん》の付け方だが、刀身が揺れている。やはり、真剣勝負の恐怖と興奮で体に力が入り過ぎているのだ。

そのとき、雲十郎と対峙《たいじ》した長身の男が動いた。足裏を擂《す》るようにして間合をつめてくる。間合がせばまるにつれ、男の全身に気勢がみなぎり、剣尖に斬撃の気配が高まってきた。

雲十郎は動かず、気を静めて抜刀の機をうかがっている。

居合は一瞬の抜刀で勝負を決することが多い。そのため、抜刀の迅《はや》さと敵との間合の読みが大事である。

ふいに、雲十郎の全身に抜刀の気がはしった。

長身の男が、一足一刀の間境《まざかい》に迫ってきた。

イヤアッ！

鋭い気合とともに、雲十郎が抜きつけた。

シャッ、という刀身の鞘走る音がし、雲十郎の腰元から閃光がはしった。

迅《はや》い！

逆袈裟《ぎやくげさ》に――。稲妻《いなずま》のような抜きつけの一刀だった。

咄嗟《とっさ》に、長身の武士は後ろに身を引いたが間に合わなかった。男の右の前腕から血が噴いた。雲十郎の切っ先が、とらえたのである。

男は驚愕《きょうがく》に目を剝《む》き、慌てて後じさった。雲十郎が、これほどの遣い手とは思わなかったのであろう。

雲十郎はすばやい動きで、抜いた刀を鞘に納めていた。居合は抜刀だけでなく、納刀の迅さも腕のうちである。それというのも、居合は抜いてしまうと、威力が半減するからである。

「くるか！」

雲十郎は、ふたたび右手で柄を握り、腰を沈めて抜刀体勢をとった。

そのとき、グワッ、という呻《うめ》き声が聞こえた。馬場と対峙していた男が、後ろによろめいている。

男の肩から胸にかけて着物が裂け、血の色があった。馬場の八相からの袈裟斬りをあびたらしい。馬場も鏡新明智流の遣い手だったので、滅多なことでは後《おく》れをとるようなことはないのだ。

これを見た長身の男は、さらに後じさり、

「ひ、引け！」

と、声を上げて反転した。

長身の男は、抜き身を引っ提《さ》げたまま駆《か》けだした。

すると、左手にいた男がすばやく後じさり、雲十郎との間合があくと長身の男の後を追って走りだした。もうひとり、馬場に斬られた男も慌てて駆けだした。それほどの深手ではないらしく、逃げ足は遅くなかった。

雲十郎と馬場は、追わなかった。濠端に立ったまま、夜陰のなかに消えていく三人の後ろ姿に目をやっている。

「あ、あやつら、八木沢たちかな」

馬場が、荒い息を吐きながら言った。まだ、息が乱れている。

「八木沢たちではないな」

八木沢たちにしては、あまりに呆気《あっけ》なかった。

雲十郎は、三人とも一刀流草薙道場の門弟で、横山と西尾は屈指の遣い手ときいていた。雲十郎と立ち合った長身の男はなかなかの遣い手だったが、他のふたりはそれほどでもなかった。

おそらく、三人は雲十郎たちの腕を知らず、三人ならふたりを斬れると踏《ふ》んで襲ったのだろう。

「そういえば、おれにむかってきた男も、たいした腕ではなかったな」

馬場がゆっくりと歩きだした。

「それに、あの三人、おれたちが藩邸を出たときから尾けてきたようだぞ。……八木沢たち三人が藩邸の近くに身をひそめていて、おれたちが門から出てくるのを待っていたとは思えん」

雲十郎も、馬場と肩を並べて歩きだした。

「すると、あやつら、藩邸に住む者か」

馬場が足をとめて言った。

「おれは、そうみる」

雲十郎も立ちどまり、切腹のおり、佐久間に声をかけた者たちではないかと、言い添えた。

「そうか、佐久間の切腹に反対する者が、首を落としたおれたちを逆恨《さかうら》みして仕掛けたのか」

馬場が声を大きくして言った。

「逆恨みかどうか分からぬが、おれたちを快く思っていないことはたしかだな」

雲十郎が歩きだした。

濠際の柳の樹陰に、黒い人影がふたつあった。

ふたりは、闇に溶《と》ける柿《かき》色の筒袖に裁着袴姿で覆面《ふくめん》をしていた。黒鞘の脇差だけを腰に帯びている。

ふたりは、夜陰のなかを遠ざかっていく雲十郎と馬場の背に目をむけている。

「百蔵《ももぞう》どの、ふたりとも遣い手のようです」

細い女の声だった。柿色の装束《しょうぞく》につつまれた身にも、女らしい起伏がある。

「あれほどの遣い手とは、思わなかったな」

もうひとり、百蔵と呼ばれた男はしゃがれ声だった。年配らしい。小柄だったが、胸は厚く腰もどっしりしていた。武芸の修行で鍛えた体らしい。

「襲った三人は、八木沢たちではありませんね」

女が言った。

「ちがうな。……切腹の場にいた者だろう」

「佐久間に味方していた者でしょうか」

「そのようだが……。松村の配下とみていいな」

「年寄の松村さまですか」

「そうだ。……いずれにしろ、逃げた三人が何者かつきとめねばなるまいな」

「わたしが、探りましょうか」

「いや、わしがやる。ゆいは、鬼塚どのに目を配っていてくれ。……これだけではすむまい。次の手を打ってくるはずだ」

百蔵が小声で言った。

女の名は、ゆいらしい。

「承知」

ゆいは踵《きびす》を返し、柳の樹陰から出ると、走りだした。雲十郎たちの後を追っていくようだ。

迅い――。見る間に、柿色の装束は闇に溶けて、その姿が見えなくなった。

「……わしは、藩邸にもぐり込んでみるか」

そうつぶやくと、百蔵は樹陰から出て大名小路の方に足をむけた。

第二章　鬼仙《きせん》流

1

タアッ！

鋭い気合を発し、雲十郎は上段に振りかぶった刀身を振り下ろした。

刀身は、スッと古畳の間に消えた。刀身は、立ててある二枚の畳のわずかな隙間を斬り下ろしたのだ。藁屑は、まったく落ちていない。

雲十郎は手の内をしぼって、振り下ろした刀を膝ほどの高さでとめている。

山田道場の稽古場だった。雲十郎は居物斬りの稽古をしていたのだ。居物斬りとは、土壇に罪人の死体などを置いて、刀の切れ味を試すことである。

雲十郎のまわりで稽古を見ていた三人の門弟から、感嘆の声が上がった。

雲十郎が、畳の間から刀身を抜いて鞘に納めると、

「鬼塚どの、藁屑も落ちていませんよ。それがしなど、何度やっても畳を斬ってしまいます」

長谷川新助《はせがわしんすけ》という若い門弟がうわずった声で言った。

「まったくです。……鬼塚どの、こつを教えてください」

つづいて、川田栄次郎《かわたえいじろう》が言った。川田も、まだ入門して一年ほどの若手だった。

「こつなどない。ただ、気を静めてまっすぐ斬り下ろすだけだ」

雲十郎がおだやかな声で言い、やってみるがいい、とふたりに声をかけて身を引いた。

「では、それがしが」

そう言って、長谷川が二枚の畳の前に立ったとき、河口尚之助《かわぐちまさのすけ》という門弟がそっと近付いてきて、

「鬼塚どの、馬場どのがみえてますよ」

と、耳元でささやいた。河口は、このところ何度か道場に連絡に来た馬場のことを知っていたのだ。

そのとき、エイッ！　という気合とともに、長谷川が刀を振り下ろした。

ザッ、という音がひびき、畳の縁が斬れて藁屑が飛び散った。

「だめだ！　畳を斬ってしまった」

長谷川が残念そうに言った。

それでも、飛び散った藁屑はすくなく、刀身は二枚の畳の間に入っていた。

「もうすこしだ」

雲十郎はそう言い残し、道場の戸口へ足を運んだ。

戸口に立っていたのは、馬場だけではなかった。袴が見えるだけでだれなのか分からなかったが、戸口の脇に立っている人影があった。

「鬼塚、大杉さまが見えているのだ」

馬場が声をひそめて言った。

「大杉さまが――」

雲十郎はすぐに土間に下りて、戸口から出た。

「大杉さま、何かありましたか」

すぐに、雲十郎が訊いた。何か大事がなければ、わざわざ大杉が道場まで足を運んでくることはないだろう。

「い、いや、一度、山田どのの道場を見ておきたいと思ってな。馬場に連れてきてもらったのだ」

大杉が照れたような顔をして言った。

「いま、お師匠は道場をあけておられますが――。ともかく、上がってください。留守を預かっている竹倉どのがおられますので」

雲十郎が慌てて言った。

「い、いや、上がるのは遠慮《えんりょ》したい。……本当に道場を見ておきたかっただけなのだ。それに、鬼塚に話があってきたのでな」

大杉が顔をひきしめ、別の場所で話したい、と言い添えた。

「分かりました。すぐに、着替えてきます」

雲十郎は、ふたりをその場に残して道場にもどった。

雲十郎たち三人は山田道場を後にすると、愛宕下の畠沢藩の上屋敷に足をむけた。むさ苦しい雲十郎たちの住む借家で話すわけにはいかなかったし、大杉がどうせなら目付組頭の浅野房次郎《あさのふさじろう》からも話を聞きたいと言ったからである。

浅野は先島の配下で、江戸の目付たちに直接指示して藩士の起こした事件の探索にあたっている男である。

雲十郎たちは、上屋敷内の大杉の小屋に腰を落ち着けた。大杉の小屋は小松のそれとちがって三部屋しかなかったが、それでも大勢の藩士たちの住む長屋に比べれば静かで落ち着いている。

いっときすると、浅野が姿を見せた。大杉が小者に浅野を呼びにやらせたのである。

浅野は、雲十郎と顔を合わせると、

「見事な介錯でござった」

と、感嘆の言葉を口にした。

浅野は三十がらみ、顔が浅黒く眼光が鋭かった。剽悍《ひようかん》そうな面構えをしている。

「切腹した佐久間どのに、切腹の覚悟ができていたからでござろう」

雲十郎が言った。

一通り挨拶《あいさつ》が済むと、大杉が、

「実は、憂慮《ゆうりよ》すべき事態になっていてな。鬼塚と馬場に手を貸してもらいたいのだが、まず、鬼塚たちを襲った三人のことを話しておこうか。……浅野から、鬼塚たちに話してくれんか」

そう言って、大杉が浅野に目をやった。

襲撃された翌日、雲十郎たちを襲った三人のことは、馬場から大杉に話してあった。

馬場から話を聞いた大杉は、その日のうちに大目付の先島に子細《しさい》を伝えたようだ。ただちに、先島は配下の浅野に指示し、襲った三人の探索にあたらせたらしい。それで、浅野が事情を知っているのだろう。

「鬼塚たちを襲ったのは、御使番の島山源三郎《しまやまげんざぶろう》、先手組の尾川助七郎《おがわすけしちろう》、同じく先手組の野中丈太郎《のなかじようたろう》の三人だ」

浅野によると、まず目付たちに指示し、馬場から伝えられた肩から胸にかけて斬られた男を探したという。そして、島山がその箇所《かしよ》を斬られていることをつきとめ、追及《ついきゆう》すると、尾川と野中との三人で雲十郎たちを襲ったことを認めたという。

「なにゆえ、われらを襲ったのです」

雲十郎が訊いた。

「三人は、世話になったことのある佐久間が、無慈悲《むじひ》にも首を落とされるのを見て、我慢《がまん》ならなかったと口をそろえて言ったが、はたしてそれだけかどうか――」

浅野が語尾を濁《にご》した。

「その三人は、切腹の場で佐久間の名を口にした者ではないかな」

雲十郎は、浅野に対してそれほど身分のちがわない者のように口を利《き》いた。役柄がちがったし、徒士ではあったが役柄の任は免除されて道場に通っていたからである。

「そのようだ。……われらは何か裏があるとみて、さらに追及するつもりでいる」

浅野が低い声で言うと、

「その三人だがな、国許から出奔し、身を隠している八木沢や横山ともつながりがあったようなのだ」

脇から大杉が言い添えた。

そう言われれば、八木沢と島山は御使番で、尾川と野中は、横山と同じ先手組だった。江戸と国許で居場所はちがうが、役柄は同じである。

次に口をひらく者がなく、座敷が沈黙につつまれたとき、

「実はな、一昨日《おととい》、大目付の先島どのが、何者かに襲われたのだ」

大杉がけわしい顔をして言った。

「先島さまが……！」

雲十郎は驚いた。先島が襲われるなど、思ってもみなかった。さきほど、大杉が、憂慮すべき事態――、と口にしたのはこのことだろう。

馬場も目を剝いて、息をつめている。馬場も、まったく知らなかったようだ。

「幸い、浅野たち目付筋の者が五人、先島どのの供をしていたのでことなきを得たが、ひとり、手傷を負《お》った」

そう言って、大杉が浅野に話を先に進めるように指示した。

「われらを襲ったのは、四人でござった」

そう前置きして、浅野が話しだした。

襲撃された場所は、藩邸からそれほど遠くない、車坂《くるまざか》町の町筋だという。夕暮れ

時で、人通りはすくなく、通り沿いの表店も店仕舞《じま》いを始めていた。

先島たち一行が町家のつづく通りを抜け、旗本屋敷の板塀の脇まで来たとき、網代《あじろ》笠《がさ》で顔を隠した四人の武士が、白刃を引っ提げて近くの路地から飛び出してきたという。

浅野たちは先島を守るために、四人の襲撃者に立ち向かった。

「人数はわれらの方が多かったが相手はいずれも手練で、われらは斬り立てられ、先島さまも守りきれなくなった」

尾崎《おざき》という目付のひとりが手傷を負い、先島の身があやういというとき、ちょうど他の大名家の留守居役が駕籠《かご》で七、八人の供を連れて通りかかり、浅野たちに味方したため、何とか助かったという。

「その四人のなかに、八木沢たち三人がいたようだ」

浅野が、低い声で言い添えた。

「…………」

雲十郎は驚かなかった。浅野の話を聞きながら、八木沢たち三人が襲ったのではないかという思いがあったからだ。

「もうひとりは？」

馬場が身を乗り出すようにして訊いた。

「それが、荒山鬼仙斎《あらやまきせんさい》らしい」

浅野が、雲十郎と馬場を見つめて言った。顔が厳しくなり、双眸《そうぼう》が底びかりしている。

「鬼仙流の道場主か！」

思わず、雲十郎の声が大きくなった。

「そうだ」

「……！」

雲十郎の顔が、ひきしまった。馬場も驚愕に目を剝き、息を呑《の》んでいる。

雲十郎は鬼仙斎のことを知っていた。知っていたといっても、噂を耳にしていただけである。

畠沢藩の領内に、鬼仙流と称する剣術を指南する道場があった。道場主は荒山鬼仙斎。鬼仙斎は若いころ修験者《しゅげんじゃ》だったが、どういうわけか武芸好きで、修験道の修行ではなく兵法者のように剣術の修行をしながら諸国をまわったという。鬼仙斎は旅をしながら諸国の道場や名のある武芸者に指南を仰《あお》ぎ、ときには強引《ごういん》に立ち合いを挑《いど》んだりして腕を磨いたそうだ。

そして、畠沢藩の領内の山間《やまあい》の僻村《へきそん》に住み着き、鬼仙流の道場をひらいて近隣に住む郷士《ごうし》、猟師、筏師《いかだし》などの子弟を集めて剣術を指南した。道場といっても粗末《そまつ》な住居の庭を使い、野原や森林のなかなどが稽古場になることもあったようだ。

鬼仙流は敵を斬殺することのみを目的とした荒っぽい剣法で、構えや刀法にはあまりこだわらなかった。そのため、道場での竹刀《しない》の打ち合いには弱いが、真剣勝負に強いとの評判があった。なかでも、道場主の鬼仙斎は真剣勝負に強く、領内はむろんのこと、近隣諸国にも敵《かな》う者はいないとのことだった。

その鬼仙斎が出府して、八木沢たちとともに大目付の先島を襲ったというのだ。

「四人のなかのひとりが、引き際に鬼仙斎どのと口にしたので、それと知れたのだ」

浅野が言った。

「うむ……」

容易《ようい》な相手でない。

一刀流の遣い手の横山と西尾にくわえ、鬼仙流の総帥《そうすい》の鬼仙斎が敵側にいるという。

「それにしても、八木沢や鬼仙斎たちは、なにゆえ先島さまを襲ったのだ」

馬場がそうつぶやいて、首をひねった。

そのとき、雲十郎の脳裏《のうり》にひらめくものがあった。

……八木沢たちは、江戸に逃げてきたのではない！

刺客《しかく》として、出府したのではあるまいか。その狙いのひとりが、先島だったのかもしれない。

雲十郎が頭にひらめいたことを口にすると、

「われらも、そうみているのだ」

大杉が、睨《にら》むように虚空《こくう》を見つめて言った。

「……！」

やはり、刺客か。ならば、これからも先島さまを襲ってくる。それに、先島さまだけではないかもしれない。小松さまも、ここにおられる大杉さまも、狙われるのではあるまいか――。

「それで、鬼塚と馬場にも手を貸してほしいのだ」

大杉が、憂慮の色を浮かべて言った。

2

暮れ六ツ（午後六時）を過ぎ、山元町の町筋は淡い夕闇につつまれていた。通り沿いの表店は店仕舞いし、洩れてくる灯もなくひっそりとしている。人影を見かけるのはまれで、遅くまで居残りで仕事をしたらしい職人や一杯ひっかけたらしい若者などが、ときおり通りかかるだけである。

雲十郎は山田道場での稽古を終え、山元町にある借家にむかって歩いていた。

そのとき、雲十郎は背後から近付いてくる足音を聞いた。まだ、足音は遠かったが、ヒタヒタと背後に迫ってくるような音である。

雲十郎は、それとなく背後を振り返って見た。網代笠に裁着袴姿で、大小を帯びた武士が歩いてくる。

……あやつ、おれを狙っている！

と、雲十郎は察知した。

網代笠の武士は物陰に身を隠すようなことはせず、道のなかほどを歩いていた。だが、武士のすこし前屈《まえかが》みで歩く姿には、狼《おおかみ》が獲物《えもの》を狙っているような気配があった。

武士は中背で痩身だった。腰が据わり、歩く姿に隙《すき》がなかった。遣い手とみていい。横山か西尾ではあるまいか。

雲十郎は、後ろを歩いてくる武士の周囲に目をやった。他に人影があるか、確かめたのである。

……ひとりか。

武士はひとりだった。遠方に人影があったが、道具箱を担《かつ》いでいた。大工《だいく》らしい。大工が、武士の仲間とは思えなかった。

雲十郎は逃げずに、様子をみることにした。網代笠の武士が雲十郎を狙っていたとしても、ひとりである。

道の左右の人家がとぎれ、空き地や笹藪《ささやぶ》などがつづいている場所に来た。

ふいに、ザザザッ、と笹が揺れ、前方左手から人影が通りに飛び出してきた。一瞬、雲十郎は、熊でも出てきたかと思った。

武士だった。黒頭巾で、顔を隠していた。腰に大小を帯びている。

そのとき、背後の足音が急に大きくなった。網代笠の武士が疾走してくる。

……挟み撃ちか！

雲十郎は、路傍《ろぼう》に足をとめて身構えた。

黒頭巾の武士は、道のなかほどに立った。身《み》の丈《たけ》が六尺（約一・八メートル）はあろうかという巨漢だった。肩幅がひろく、胸が厚い。どっしりとした腰をしていた。まさに、巨熊のような男である。

……鬼仙斎か！

雲十郎は、鬼仙斎は大兵だと耳にしていたのだ。

雲十郎はすばやく道沿いに群生した笹藪を背後にし、通りの左右から近付いてくるふたりの武士に目をやった。

その姿を見ただけで、ふたりとも手練であることが分かった。

……まともに闘ったら勝ち目はない。

と雲十郎は見てとり、すぐに笹藪に身を寄せた。そして、背後だけでなく、左右からも攻撃しにくい場所に立った。そのかわり、雲十郎も背後と左右への逃げ道を失ったのである。

巨漢の武士が、雲十郎の前で対峙した。もうひとり、中背の武士は左手にまわり込もうとしたが、笹藪が邪魔になって、左斜め前に立った。ふたりとも、まだ抜刀していなかった。両腕を垂らしている。

雲十郎は左手で刀の鍔元《つばもと》を握り、鯉口を切ったが、右手を柄に添えなかった。相手の動きに応じて抜刀体勢をとるのである。

巨漢の武士との間合は、三間半ほどだった。まだ、斬撃の間境からは遠い。

武士は大きな目で、雲十郎を見すえていた。夕闇のなかで、底びかりしている。夜《や》禽《きん》を思わせるような目だった。

「うぬは、鬼仙斎か」

雲十郎が、誰何《すいか》した。

武士の大きな目が、さらに瞠《みひら》かれた。驚いたらしい。雲十郎が、突然鬼仙斎の名を口にしたからであろう。

だが、武士の目から驚きの色はすぐに消え、

「だれでもいい」

と、胴間声《どうまごえ》で言った。

対峙した武士は、ゆっくりと右手で柄を握って抜刀した。ギラリ、と刀身がひかった。三尺はあろうかという身幅のひろい剛刀である。

武士は上段に構えた。巨漢の上に、三尺はあろうかという長刀を上段にとったのだ。まるで、大樹のような大きな構えだった。上からおおい被《かぶ》さってくるような威圧感がある。

これを見た左斜め前にいた中背の武士も刀を抜き、青眼に構えた。切っ先を雲十郎の首筋あたりにつけている。

雲十郎は右手を刀の柄に添え、居合腰に沈めた。抜刀体勢をとったのである。

「居合か」

巨漢の武士が、小声で言った。大きな目で、雲十郎を見すえたまま表情も動かさなかった。

巨漢の武士が、先に動いた。間合をつめてくる。武士の足元で、ザッ、ザッ、という草を踏む音がひびいた。そこは、丈の低い雑草でおおわれていたのだ。

武士の全身に気勢が満ち、その巨漢とあいまって巨岩でも迫ってくるような迫力があった。

……横霞《よこがすみ》を遣う。

雲十郎は胸の内でつぶやいた。

横霞は、居合の抜きつけの一刀を敵の胸のあたりを狙って横一文字に払う技である。真横にはしる刀身の動きが迅く、敵の目には横にはしる閃光が一瞬映るだけである。それで、横霞と呼ばれていた。

田宮流居合に横霞と呼ばれる技はなかった。雲十郎が独自に工夫したものである。

雲十郎は居合の抜刀体勢をとったまま気を静め、迫ってくる武士との間合を読んでいた。横霞をはなつ機をとらえようとしていたのだ。

武士がしだいに一足一刀の間境に迫ってきた。その動きと呼応するように、左斜め前の武士もすこしずつ間合をつめ始めた。

だが、雲十郎は左斜め前の武士は、すぐに斬り込んでこない、とみていた。武士の間合は、巨漢の武士より、二歩ほど遠かったのだ。雲十郎に斬り込むためには、二歩踏み込まねばならず、一呼吸遅れるはずである。

巨漢の武士が、斬撃の間境に迫ってきた。

あと、二歩――。

一歩！

刹那、雲十郎の全身に抜刀の気がはしった。

間髪《かんはつ》をいれず、対峙した武士にも斬撃の気配が見えた。

イヤアッ！

タアリヤッ！

雲十郎の気合とほぼ同時に、対峙した武士の気合が静寂を劈《つんざ》いた。

シャッ、という刀身の鞘走る音がし、雲十郎の腰元から横一文字に閃光がはしった。雲十郎が一歩右手に踏み込みながら、横霞をはなったのだ。

一瞬遅れ、巨漢の武士の剛刀が、刃唸《はうな》りをたてて上段から振り下ろされた。

雲十郎の切っ先が、武士の着物の脇腹を斬り裂いた。

武士の切っ先は、雲十郎の左肩先をかすめて空を切った。雲十郎が右手に踏み込んだため、頭上をとらえることができなかったのだ。

武士のあらわになった脇腹に血の線がはしったが、うすく肌を切り裂いただけである。

横霞の一撃は武士の脇腹をとらえたが、わずかに浅かったらしい。

ウオオッ！

武士が獣《けもの》の咆哮《ほうこう》のような気合を発し、長刀を横に払った。

真っ向から横一文字に——。巨漢とは思えないような俊敏《しゆんびん》な体捌《たいさば》きである。

咄嗟に、雲十郎は右手に跳んだ。

ザバッ、と音を立てて、笹が薙《な》ぎ倒された。巨漢の武士の切っ先は、雲十郎にとどかない。

なおも、巨漢の武士は雲十郎に迫ってきた。すばやい動きである。

雲十郎は右手に逃げた。

と、左斜め前にいた中背の武士が、いつ動いたのか雲十郎の前方にまわり込んできた。すばやい寄り身である。青眼に構えた切っ先が、槍穂《やりほ》のように雲十郎の喉元に迫ってくる。

左手からは、長刀を上段に構えた巨漢の武士が間合をつめてきた。ふたりが、雲十郎の逃げ道をふさいでいる。

……このままでは、斬られる！

雲十郎の脳裏に恐怖がはしった。

そのときだった。何かが飛来する音がし、中背の武士が、グッ、と喉のつまったような呻《うめ》き声を上げ、左手で横鬢《よこびん》を押さえた。

石礫《いしつぶて》だった。平たい小石が、武士の足元に落ちている。何者か、石礫を打ったのだ。

「な、何やつ！」

中背の武士が叫んだとき、さらに石礫が飛来し、武士の胸部に当たった。武士は後じさって笹藪の陰に逃げた。

「鬼塚さま、逃げて！」

甲走《かんばし》った声が、斜向《はすむ》かいの笹藪の陰で聞こえた。黒い人影がある。

雲十郎は、左手に走った。中背の武士が笹藪に逃げたので、左手があいていたのだ。

「おのれ！　逃がさぬ」

巨漢の武士が、雲十郎の後を追ってきた。

だが、その足はすぐにとまった。斜向かいからつづけて石礫が打たれ、武士の太股《ふともも》辺りに当たったのだ。

雲十郎は、走りながら斜向かいの笹藪に目をやった。ザザザッ、と笹藪を分ける音がした。黒い人影が、笹藪のなかを疾走していく。

……女か！

雲十郎は、人影の体の線に女らしい起伏があるのを目にした。それに、さきほど「鬼塚さま、逃げて！」と叫んだ声には、女のように細く甲高いひびきがあったのだ。

雲十郎は、懸命に半町ほど走った。後ろから、追ってくる足音が聞こえなくなった。振り返って見ると、雲十郎を襲ったふたりの武士は路傍に足をとめていた。追うのを諦《あきら》めたらしい。

……助かった！

と、雲十郎は思った。

足をとめ、あらためて雲十郎を助けてくれた女のいた笹藪に目をやったが、人影はなかった。女は、姿を消したらしい。

3

「鬼仙斎に、襲われたのか!」

馬場が驚いたような顔をして訊いた。

山元町にある雲十郎と馬場の住む借家だった。雲十郎は夕餉《ゆうげ》の後、馬場に山田道場からの帰途、ふたりの男に襲われ、ひとりが鬼仙斎らしいことを話したのだ。

雲十郎たちの住む借家には、近所に住むおみねという女が通いで来て家事をしてくれていた。おみねはでっぷり太った中年の女で、近くの長屋に住む手間賃稼ぎをしている大工の女房である。物言いは乱暴で、しゃれっ気などまったくなかったが、子供がいないせいもあるのか、雲十郎たちの身のまわりの世話を小まめにやってくれた。

おみねは、早めに雲十郎たちの夕餉の支度を済ますと、長屋に帰っていった。亭主の世話もしなければならないのだ。

「まず、まちがいない」

雲十郎が、襲った武士のひとりは巨漢で、剣の遣い手だったことを言い添えた。

「それで、もうひとりは？」

馬場が訊いた。

「横山か西尾とみたが、はっきりしない」

「先島さまの次に、鬼塚を狙ったのか」

馬場が驚いたような顔をして言った。

「おれたちが、浅野どのたちに手を貸すと知れたからかもしれんな」

「うむ……」

「馬場も狙われるぞ」

雲十郎は、小松や先島だけでなく、自分と同じように馬場や浅野も襲われるのではないかと思った。

「迂闊《うかつ》に、出歩けないということか。……それにしても、おぬし、ふたりの遣い手に襲われて、よく助かったな」

馬場が、雲十郎に目をむけて言った。

「それが、何者かが助けてくれたのだ」

雲十郎が、何者かが笹藪の陰から石礫を打って助けてくれたことを話した。

「石礫！」

馬場が驚いたように目を剝いた。鶉《うずら》の卵ほどもある大きな目玉である。

「それも、女らしいのだ」

「なに、女だと！」

さらに、馬場の目が大きくなった。

「何者だろう。……おれの名も知っていたぞ」

「うむ……」

馬場は口をへの字に引き結んで、首をひねっていたが、

「おい、梟組《ふくろうぐみ》の者ではないか」

と、身を乗り出すようにして言った。

「梟組だと」

雲十郎は国許にいるとき、梟組の噂を聞いたことがあった。

代々の城代家老の許に、家中から剣、槍、手裏剣などの遣い手、人並はずれて身軽な者、変装術を身につけた者などをひそかに集めて組織された隠密《おんみつ》集団があるという。その者たちは闇にひそみ、表に姿をあらわさないことから梟組と呼ばれていた。

身分は様々で、足軽のような軽格の者からも集められているとの噂だった。

「それしか考えられん」

馬場が言った。

「ただ、梟組が存在したのは何十年も前の話で、いまはそうした組織はないとも聞いていたがな」

雲十郎が国許にいるとき、城代家老の粟島与左衛門が梟組を集めたという話を聞いたことがなかった。それに、江戸勤番の藩士のなかに梟組の者がいるとも思えなかった。

「いや、国許には何人かいるらしいぞ。……ふだんは、他の藩士と同じようにそれぞれの役柄の仕事をこなしているが、いざというときに集められて、その任に就くそうだ」

馬場が真剣な顔をして言った。

「梟組のなかに、女もいるのか」

「いるかもしれん。……なにしろ、家中の者にも知れぬ隠密組織だからな」

「梟組なら、粟島さまの命で、国許から江戸へ派遣《はけん》されたことになるな」

「そうだ。小松さまが、粟島さまに要請《ようせい》したのかもしれんぞ。……小松さまと粟島さまは昵懇《じっこん》だからな」

「うむ……」

当初から、小松は佐久間たち四人が逃走のためでなく刺客として出府したことを察知していたのかもしれない。それで、小松が粟島に頼んで、梟組を派遣してもらったとも考えられる。

「いずれにしろ、その者たちは敵ではないわけだ」

馬場が声を大きくして言った。

「そうだな」

味方であることは、まちがいなかった。雲十郎を助けてくれたのである。

翌朝、雲十郎と馬場は、おみねが支度してくれた朝餉を終え、身支度をととのえて借家から出ようとした。ちょうど、浅野が配下の目付をひとり連れ、戸口にむかって歩いてくるところだった。雲十郎たちに何か用があって来たらしい。

目付の名は、富川俊之助《とみかわしゅんのすけ》。まだ、二十歳《はたち》そこそこの若い男だった。

「浅野どの、何事ですか」

すぐに、馬場が訊いた。

「ふたりに頼みがあってな。……鬼塚は山田道場へ行くところか」

浅野が雲十郎に訊いた。

「そのつもりだが」

雲十郎は、稽古に行くつもりで家を出たのである。

「大杉さまも承知されているのだが、馬場と鬼塚に頼みがあってな。道場の稽古を休めないかな」

「かまわないが」

山田道場の稽古は、強制的なものではなかった。門弟たちの都合で休んでも、道場主の浅右衛門も高弟たちも何も言わなかった。

「実は、ふたりにご家老の警護を頼みたいのだ。……このまま、藩邸に行ってもかまわんか」

ご家老は、江戸家老の小松のことである。

「いいですよ」

「ならば、歩きながら話そう」

浅野と富川が先にたって歩きだしたので、雲十郎と馬場は、ふたりの後についた。

「ご家老は、今日の午後、築地《つきじ》にある下屋敷へお出かけになるのだが、先島さまのように八木沢たちに襲われる恐れがあるのだ」

「小松さまが?」

馬場が声を大きくした。

「そうだ。まず、富川から話してくれ」

浅野が富川に目をやって言った。

「はい、昨日のことですが、大名小路を歩いているとき、上屋敷に出入りしている植木屋が、網代笠をかぶった武士に何か訊かれているのを目にしたのです」

不審に思った富川は、武士との話を終えて歩きだした植木屋を呼びとめ、何を話したのか訊いたという。すると、植木屋は武士に、ご家老に用のある者だが、ちかごろ藩邸を出られることはないか、と訊いたそうだ。

「植木屋は、今日の午後、ご家老が下屋敷に出かけることを中間たちから聞いて知っていたらしく、そのことを話したようです」

「それで、八木沢たちが、ご家老の動きを探っていたとみたわけだ」

浅野が言いたした。

どうやら、浅野はこれまでの経緯を富川に話させるために連れてきたようだ。

畠沢藩の下屋敷は、築地にあった。西本願寺《にしほんがんじ》の東方で、江戸湊《みなと》に近い眺めのいい地である。いま、下屋敷には正室のお静《しず》の方と嫡男の房太郎《ふさたろう》がいた。お静の方は、ふだん上屋敷にいたが、十歳になる房太郎が風邪《かぜ》をこじらせ、なかなか快復しなかったため養生《ようじょう》もかねてお静の方とともに下屋敷に滞在していたのである。

家老の小松は、病気見舞いの名目でお静の方と房太郎君に会って病状を確かめるために出向くのだという。

「それで、ふたりにもご家老の警護にくわわってもらいたいのだ」

浅野が言った。

「承知した」

馬場が言ったので、雲十郎もうなずいた。

4

小松は駕籠《かご》で上屋敷の表門から出ると、築地にある下屋敷にむかった。従者は陸尺《ろくしゃく》や中間などを除き、十五人だった。

徒士頭の大杉が、警護の指揮《しき》をとった。警護の者は雲十郎と馬場のほかに、大杉の配下の徒士が七人、それに浅野と配下の目付も四人いた。

これだけ警護の者がいれば、八木沢たちも襲うのはむずかしいだろう、と雲十郎はみた。いかに八木沢たちの腕がたとうと、四人で十五人を相手にすることになるのだ。

小松を駕籠に乗せた一行は、愛宕下の上屋敷を出ると大名小路を経て東海道《とうかいどう》に入った。そして、東海道を北にむかい、汐留《しおどめ》川にかかる芝口《しばぐち》橋（新橋）を渡って出雲《いずも》町に出た。

東海道は大変な賑《にぎ》わいを見せていた。旅人をはじめ様々な身分の老若男女が行き交《か》っている。

……このような賑やかな通りで襲うことはない。

と、雲十郎はみた。

襲うとすれば、築地に入って人通りがすくなくなってからであろう。

さらに、駕籠は北にむかい、尾張《おわり》町に入って間もなく右手におれた。その通りを東にむかえば、西本願寺の門前に出られる。

駕籠の一行は、西本願寺の手前を左手におれた。この辺りまで来ると、通り沿いには大身の旗本屋敷がつづき町人の姿はあまり見られなくなり、人影もまばらになってきた。ときおり、供連れの武士や旗本屋敷に仕える中間などが通りかかるだけである。

雲十郎は、八木沢たちが襲うとすればこの辺りだと見当をつけた。おそらく、まともに斬り込んできたりしないだろう。鉄砲や弓のような飛び道具を遣うか、槍を持って物陰から飛び出し、駕籠に乗っている小松を突くかである。

雲十郎はそのことを馬場に話し、ふたりで駕籠の先棒《さきぼう》の左右にたった。そして、通りの左右に目を配りながら歩いた。敵の襲撃の気配を察知しようとしたのである。

だが、それらしい気配はまったくなかった。駕籠は西本願寺の裏手を東にむかい、無事に下屋敷に着いた。

下屋敷に入った雲十郎たちは、小松とは別の控《ひか》えの間で待機した。帰りも警護につくのである。むしろ、帰路の方が襲われる危険は大きいとみていた。

小松がお静の方と房太郎君に面会し、病気の様子などを聞いてから屋敷を出たのは、七ツ半（午後五時）ごろだった。幸い房太郎君はだいぶ快復し、小松とお静の方との話がはずんだために、下屋敷を出るのが遅くなったようだ。

すでに、陽は西の空で沈み始めていた。それでも、大名の下屋敷や旗本屋敷などのつづく通りは、ぽつぽつと人影があった。

「馬場、八木沢たちが襲うとすれば、帰りだぞ」

雲十郎が歩きながら小声で言った。

「承知している」

馬場が顔をひきしめて言った。

だが、帰路もそれらしい気配はまったくなかった。駕籠は何事もなく、築地を抜けて東海道に出た。

東海道はまだ賑わっていた。大勢の人々が行き交っている。

「襲ってこないな」

馬場が気抜けしたような顔をして言った。

「警護が厳重とみて、あきらめたのかもしれん」

八木沢たちは無理して襲撃せず、次の機会を待つことにしたのかもしれない。

駕籠は愛宕下の大名小路に入り、何事もなく畠沢藩の上屋敷に着いた。

すでに、陽は沈み、上屋敷内は夕闇につつまれていた。

「おれの小屋に寄ってくれ。夕餉の支度をさせよう」

大杉が雲十郎と馬場に声をかけたときだった。

藩邸に残っていた大杉の配下の長久保信助《ながくぼしんすけ》と泉谷元次郎《いずみやもとじろう》が、慌てた様子で走り寄ってきた。ふたりの顔が、こわばっている。

「お、大杉さま、目付組頭の広長《ひろなが》どのが殺されました」

長久保が声をつまらせて言った。

「なに、広長が殺されたと！」

大杉が声を上げた。

広長安之助《やすのすけ》は、浅野と同じ目付組頭である。大目付の先島の下には、ふたりの組頭がいたのだ。

「はい、永井町《ながいちょう》で何者かに襲われたようです。いま、先島さまや築地からもどられた浅野さまたちが、向かっています」

長久保が、口早に言った。

永井町は、増上寺《ぞうじょうじ》の裏手の町である。愛宕下からは、近かった。浅野は、藩邸にもどってすぐに話を聞いて急行したらしい。

「場所は分かるか」

「それがしが、聞いております」

泉谷が言った。

「行ってみよう」

大杉が言うと、

「われらも――」

すぐに、馬場が言った。

雲十郎も、いっしょに行くことにした。八木沢たちが襲ったのであろうが、刀傷だけでも見ておきたいと思ったのである。

雲十郎たちが永井町に入ると、

「こちらです」

と言って、泉谷が先にたった。

町筋は、淡い夜陰につつまれていた。通り沿いの町家は表戸をしめ、ひっそりと静まっている。通りに人影はなかった。ときおり、遅くまで仕事をしたらしい職人や一杯ひっかけたらしい男などが、通りかかるだけである。

「あそこか！」

大杉が前方を指差して言った。

見ると、通り沿いに人が集まっていた。いずれも、羽織袴姿の武士である。畠沢藩の上屋敷から駆け付けた者たちらしい。

藩士たちのなかに、先島と浅野の姿もあった。他も、顔見知りだった。いずれも、徒組と目付たちである。

「大杉どの、ここへ」

先島が声をかけた。顔がこわばっている。

先島の足元に、広長の死体が横たわっているようだ。大杉や雲十郎たちが近付くと、先島のそばにいた藩士たちが慌てて身を引いた。

雲十郎は、大杉につづいて先島のそばに近寄った。

「ふたりか！」

大杉が驚いたように声を上げた。

横たわっている死体は、ひとりではなかった。先島の足元にひとり、二間半（約四・五メートル）ほど離れた路傍にもうひとり横たわっていた。

「広長と配下の稲葉《いなば》だ！」

先島が顔をしかめて言った。

稲葉久次郎《ひさじろう》は目付で、広長の配下だった。

雲十郎は、先島の足元に仰臥《ぎょうが》している死体に目をやった。こちらが、広長である。

……額を割られている！

広長の額が縦に斬り割られ、柘榴《ざくろ》のようにひらいていた。凄絶《せいぜつ》な死顔だった。顔が赭黒い血に染まり、カッと瞠《みひら》いた両眼が白く浮き上がったように見えた。

広長は剛剣の主に、正面から真っ向に斬られたらしい。

……鬼仙斎だ！

雲十郎の脳裏に、上段に構えた鬼仙斎の姿がよぎった。おそらく、広長は鬼仙斎の太刀をあびたのだろう。

「鬼塚、広長さまを斬った者の見当がつくか」

馬場が声をひそめて訊いた。

「鬼仙斎……」

雲十郎は、馬場だけに聞こえるように小声で言った。推測だけで、鬼仙斎と決めつけられないからだ。

「おれも、そうみた。……稲葉どのも見てみるか」

馬場が言った。

雲十郎はうなずくと、すこし離れた場所に横たわっている死体のそばに近付いた。稲葉は横臥《おうが》していた。肩口から袈裟に斬られていた。死体のまわりが、赭黒い血に染まっている。

「稲葉を斬ったのは、横山か西尾とみていいのではないか」

雲十郎が言った。

稲葉は一太刀で仕留められていた。稲葉を斬った者が、遣い手であることはまちがいない。鬼仙斎といっしょに襲った腕のたつ者といえば、横山と西尾ということになるだろう。何人で襲ったかは分からないが、鬼仙斎、八木沢、横山、西尾の四人かもしれない。

馬場は無言でうなずいた。

雲十郎と馬場が、稲葉の死体に目をやっていると、先島と大杉が近付いてきた。

「広長と稲葉を襲ったのは、八木沢たちとみたが、どうだ」

大杉が訊いた。大杉も八木沢たち四人とみたようだ。

「それがしたちも、そうみました」

馬場が言った。

つづいて口をひらく者がなく、その場はいっとき沈黙につつまれていたが、

「八木沢たちは、おれたちが小松さまの警護につくとみて裏をかき、広長たちを襲ったのかもしれんな」

大杉が顔をしかめて言った。

「八木沢たちは、わしらの動きをつかんでいるようだが、藩邸に出入りするすべてを見張っているわけではあるまいな」

先島が顔をけわしくして訊いた。

「そのようなことは、ないはずですが——」

先島の脇にいた浅野が言った。

すると、急に先島が大杉や雲十郎たちに歩を寄せ、

「ならば、藩邸内に八木沢たちに通じている者がいることになるな」

と、声をひそめて言った。

……まちがいなく、藩邸内に内通者がいる！

雲十郎も、思った。

5

四ツ（午後十時）ごろであろうか。
隣の部屋から、馬場の鼾《いびき》が聞こえていた。広長と稲葉が斬殺されて四日経ってい
た。この夜、雲十郎と馬場は、久し振りで山元町の借家に買い置きしてあった貧乏《びんぼう》
徳利《どっくり》の酒を飲んだ。このところ、藩邸に出かけることが多く、落ち着いて酒を飲ん
でいる間がなかったのである。
馬場は、大柄なくせに酒はあまり強くなかった。半刻（一時間）ほど飲むと、顔を

熟柿《じゅくし》のように赭黒く染め、「眠くなった」と言って、自分の寝部屋で横になった。そして、いっときすると、大鼾が聞こえてきたのである。

雲十郎は、ひとりになってからも飲んでいた。雲十郎は酒に強く、滅多《めった》なことでは酔って我を失うようなことはなかった。それでも、手酌で一刻（二時間）ほど飲むと、白皙がかすかに朱に染まってきた。

雲十郎は湯飲みの酒を飲み干《ほ》すと、

……さて、おれも寝るか。

とつぶやいて、立ち上がろうとした。

そのとき、障子《しょうじ》の向こうの縁先に、ひとが近付いてくる気配がした。まったく、足音は聞こえなかったが、複数のひとが近付いてくる。

雲十郎はそっと立ち上がり、座敷の隅《すみ》に立てかけてあった刀をつかんだ。ひとの気配は、障子の向こうでとまった。ふたりいるようだ。

……おれを襲うつもりか！

雲十郎はそう思い、すばやく刀を腰に帯びると、右手を刀の柄に添えた。居合は、腰に刀が差してあった方が遣いやすいのだ。

すると、障子のむこうで、

「そこに、おられるのは、鬼塚どのでござろうか」

と、男の声が聞こえた。しゃがれ声である。

……殺気がない！

雲十郎は、障子の向こうにいる男の声に覚えはなかったが、危害を加えようとしているのではないようだ。

「鬼塚だが、そこもとは」

雲十郎は刀の柄から右手を離した。

「闇の者にござる」

「闇の者とな」

雲十郎の脳裏に、梟組のことがよぎった。おれを、石礫で助けてくれた仲間かもしれない。

「いかさま」

「いま、障子をあける」

雲十郎は腰に帯びた刀を鞘ごと抜くと、左手に持って障子をあけた。

縁側の先の暗がりに、黒い人影がふたつあった。ふたりとも、地面に片膝を突いて身を低くした。柿色の筒袖に裁着袴姿で、同色の頭巾で顔を隠している。

正面にいるのが、声の主らしい。小柄な男だった。その脇に、ほっそりとした体軀の人物がいた。

雲十郎はほっそりした体軀を見て、

……あの女だ！

と、気付いた。小柄な男の脇にいるのは、雲十郎を石礫で助けてくれた女である。

「そなたが、おれを助けてくれたのではないか」

雲十郎は、女に目をやって訊いた。

「はい、ゆいともうします」

女は、名乗った。

石礫で助けてくれたときに耳にした甲高い声とちがって、目の前にいる女の声には、やわらかく澄んだひびきがあった。

「ゆいどのか」

雲十郎は、男に目をむけ、「そこもとは？」と訊いた。

「わしは、渋沢《しぶさわ》百蔵にござる」

男も名を隠さなかった。

「おふたりは、梟組の者か」

あらためて、雲十郎が訊いた。

「いかにも。……ただ、渋沢の名もゆいの名も梟組での名でござって、表向きは別の名を使っております」

百蔵が、答えた。

「……」

どうやら、百蔵もゆいも梟組だけに通じる名らしい。

「わしらは闇の者ゆえ、百蔵と呼んでもらって結構でござる」

百蔵が言った。

「そうか。……ところで、なぜ、おれを助けてくれたのだ」

雲十郎が、ゆいに目をむけて訊いた。

「国許のご家老より、鬼塚さまが江戸のご家老の許で出奔した四人と闘うようであれば、お味方するようにと仰《おお》せつかってまいりました。ご家老さまは、鬼塚さまが居合の遣い手であることをご存じでして、鬼塚さまならお力になると、おっしゃられておりました」

ゆいが言った。

国許の家老とは、城代家老の粟島のことらしい、噂どおり、梟組は城代家老の指図《さしず》で動いているようだ。

「それで、ここに来たわけは？」

まさか、ふたりが挨拶に来たわけではあるまい。

「先日、目付筋のふたりが八木沢たちに討たれたことは、承知しておられようか」

百蔵が訊いた。

「知っている」

「このままでは、小松さまや先島さまのお命も危《あや》ういとみております」

「うむ……」

雲十郎は、百蔵の言うとおりだと思った。

「僭越《せんえつ》でござるが、守ろうとするばかりでは、いずれ討たれましょう」

「そのとおりだ」

「こちらから、攻めてみたらいかがでござろう」

「相手の隠れ家が分かれば、攻められるが、まだ、八木沢たちの居所もつかめていないのだ」

浅野が配下の目付を使って八木沢たちの隠れ家を探っているが、まだつかめていないのである。

「八木沢たち三人、それに、鬼仙斎でござろうか」

百蔵が訊いた。

「そうだ」

「四人の他にも、おりますが」

百蔵がすこし声を大きくして言った。

「だれだ？」

「御使番、島崎藤之助《しまざきとうのすけ》と先手組、尾川助七郎」

「尾川は、おれを襲ったひとりだな」

島崎のことは知らなかったが、浅野から尾川が雲十郎を襲ったひとりであることを聞いていた。浅野によると、その後、尾川、野中、島山の三人をさらに追及しても、新たなことが出てこなかったので拘束《こうそく》を解いたが、いまも目付たちが三人を監視しているとのことである。

「尾川は藩邸内だけで連絡にあたり、島崎が八木沢たちと接触してる節がござる」

さらに、百蔵が言った。

「尾川や島崎は、だれの指図で動いているのだ」

雲十郎が訊いた。ふたりだけで、動いているとは思えなかった。藩邸内に、ふたりを指図している者がいるはずである。

「わしらは、年寄の松村さまとみておりますが……」

百蔵は、語尾を濁した。はっきりしないらしい。

「年寄の松村さま……」

畠沢藩の場合、年寄は家老に次《つ》ぐ重職で、松村は江戸の藩邸内においても小松に次ぐ権力を持っていた。

言われてみれば、佐久間の切腹やその後の八木沢たちとの闘いに関して、松村は表に出ず、小松と一線を画しているようなところがあった。

「松村さまは、国許の広瀬さまともつながりがあるようでござる」

百蔵が言った。

「広瀬さまと……」

広瀬は、次席家老である。雲十郎は、城代家老の粟島と広瀬の間に確執《かくしつ》があるとの噂は耳にしていた。その広瀬と松村がつながっているという。

雲十郎は藩内の重臣たちの結び付きが、垣間《かいま》見えたような気がした。

城代家老の粟島と江戸家老の小松がつながり、一方では次席家老の広瀬と江戸の年寄の松村が結びついているのだ。

こうしてみると、藩士のなかには、藩政の刷新、財政の改革などと訴える者もいるが、その背後には藩の実権を握るための権力闘争があるようだ。

雲十郎は小松の下にいる大杉たちとともに動いているが、小松の背後には百蔵やゆいを指図している城代家老の粟島がいる。結局のところ、雲十郎と百蔵たちも権力争いのなかで、同じ敵と闘っていることになる。

……それで、ゆいどのはおれを助けてくれたのか。

雲十郎は、ゆいが石礫を投げて助けてくれた理由がわかった。

「いずれにしろ、島崎か尾川の筋から、八木沢たちの居所を探ってみたらどうでござろう」

百蔵によると、すでに島崎は何度も尾行したが、なかなか尻尾《しっぽ》をつかませないという。

ゆいは、黙したまま雲十郎に目をむけている。

「島崎と尾川は、おれたちに任せるということか」

雲十郎が訊いた。

「いかさま。……われら闇の者には藩士を捕らえ、吟味することはできないのでござる」

「分かった。大杉さまに話してみよう」

雲十郎は、大杉の判断にまかせようと思った。

「われらは、これにて」

百蔵が腰を上げると、ゆいも立ち上がった。

ふたりは、その場から走りだした。ほとんど足音をたてず、その姿は夜陰に呑まれるように消えていった。

第三章 尾行

1

「島崎のやつ、なかなか姿を見せんな」

馬場が両腕を突き上げ、大欠伸《おおあくび》をした。

雲十郎と馬場は、畠沢藩の上屋敷の裏門の近くにいた。大身の旗本屋敷の築地塀の陰から、裏門を見張っていたのだ。

雲十郎は百蔵とゆいと会った翌日、馬場とふたりで藩邸に出かけて大杉と会い、島崎と尾川が八木沢たちと連絡をとっている節があることを伝え、ふたりでしばらく島崎を尾けてみたい、と話した。藩邸の外の連絡役は島崎らしかったので、雲十郎は島崎に的《まと》を絞ろうと思ったのである。

すると、大杉が、

「実は、先島さまから、島崎があやしいとの話があってな。おれたちも島崎には、目をひからせていたのだ」

と切り出し、島崎が年寄の松村の指図で、ときおり藩邸から出て何者かと会っているらしいことを言い添えた。

「すると、先島さまの手の者も、島崎に目を配っていたのですか」

雲十郎が訊いた。おそらく、浅野の配下の目付たちだろう。

「そのようだ。……目付が何度か島崎を尾けたようだが、その都度、撒《ま》かれたらしい」

大杉が渋い顔をして、

「それでも、尾けてみるか」

と、念を押すように雲十郎に訊いた。

「やってみます」

雲十郎は、むずかしいと思った。梟組の百蔵でさえ、島崎の尻尾をつかめなかったという。

ただ、尾行してみて何もつかめなければ、次の手として島崎を捕らえ、訊問《じんもん》してみればいい。

そんなやり取りがあって、雲十郎と馬場は築地塀の陰で裏門を見張っていたのだ。

雲十郎たちが、その場に身をひそめて島崎を見張るのは、八ツ半（午後三時）から一刻（二時間）ほどだった。大杉から島崎が屋敷を出るのは、そのころが多いと聞いていたからである。

「今日も、だめか」

馬場がうんざりした顔で言った。

雲十郎と馬場が、この場で見張るようになって三日目だが、まだ島崎は姿を見せなかった。

「そろそろ出てきてもいいころだがな」

雲十郎は網代笠の先をつまんで上げ、裏門の方に目をやった。ふたりは、藩邸に出入りする藩士の恰好ではなかった。雲十郎は網代笠をかぶり、小袖に野袴で、草鞋履《わらじば》きだった。近郊の野山に出かける武士のような身装《みなり》である。

馬場は雲十郎と同じような恰好をしていたが、念を入れて合羽《かっぱ》を羽織り、打飼《うちがい》を腰にまいていた。

「まさか、おれたちが見張っているのが、ばれたわけではあるまいな」

馬場が言った。

「それはない。……藩邸内にいる者で、おれたちがここにいるのを知っているのは、大杉さまと浅野どのだけだ」

「それにしても、退屈だな」

馬場がもう一度、欠伸をしようとして両腕を突き上げたときだった。

丸くあいた大きな口がそのままとまり、目を大きく瞠いた。

「き、きた！」

馬場が、声をつまらせて言った。

見ると、裏門のくぐり戸から羽織袴姿の長身の武士がひとり出てきた。島崎である。

島崎は門扉《もんぴ》の前に足をとめると、路地の左右に目をやってから表通りの方へ足をむけた。

「こっちへ来る！」

馬場が声をひそめて言い、築地塀に身を寄せて路地から隠れた。雲十郎は馬場の後ろにまわった。

島崎は雲十郎たちには気付かず、路地から大名小路に出た。

「尾けるぞ」

雲十郎は築地塀の陰から路地に出ると、足早に島崎の後を追った。慌てて馬場がついてくる。

島崎は大名小路を北にむかった。足早に歩いていく。

雲十郎たちは島崎から半町（約五十四メートル）ほど間をとり、旗本屋敷の築地塀の陰や路傍の樹陰などをたどりながら尾けていく。

島崎は大名小路をいっとき歩いてから、右手におれて東海道へ出ると日本橋《にほんばし》の方へ足をむけた。東海道は、賑わっていた。旅人、馬子《まご》、駕籠かき、騎馬の武士、雲水《うんすい》……。通行人が、絶え間なく行き交っている。

島崎は芝口橋を渡り、出雲町、竹川《たけかわ》町、尾張町と過ぎていく。

前方に京橋《きょうばし》が見えてきたときだった。雲十郎は、背後に迫るひとの気配を感じて振り返った。

すぐうしろに、女の門付《かどづけ》（鳥追《とりおい》）の姿があった。菅笠をかぶり、三味線《しゃみせん》を手にしていた。木綿《もめん》の着物に木綿の帯、手甲脚半《てっこうきゃはん》姿で日和下駄《ひよりげた》を履いている。

鳥追と呼ばれたのは正月だけで、その時は新しい着物で着飾り、笠も編笠だった。正月以外は、門付と呼ばれていた。

「鬼塚さま」

門付が、小声で言った。

「ゆいどの……」

雲十郎は、その声に聞き覚えがあった。ゆいである。

「おふたりの姿は、目に付きます。……人通りのすくない道に入ると、気付かれますよ」

ゆいが、小声で言った。

馬場がゆいと雲十郎のやり取りを耳にしたらしく、

「おい、だれだ」

と、雲十郎に身を寄せて訊いた。

「前に話した女《ひと》だろう。ゆいどのだよ」

「この女か」

馬場が振り返り、目を剝いてゆいを見た。

「馬場さま、通りすがりの者が見てます。後ろを振り返らないで……」

ゆいが声をひそめて言った。

「す、すまぬ」

馬場が慌てて前をむいた。馬場の照れたような顔が、赭黒く染まっている。

「わたしが、島崎の跡を尾けます。おふたりは、わたしの跡を尾けてください」

ゆいはそう言い残し、足を速めて雲十郎と馬場を追い越した。

雲十郎たちはすこし足を遅くし、ゆいとの間をとってから歩きだした。ゆいは菅笠をかぶり、三味線を持っているので尾けやすかった。人混みのなかでも、見失うようなことはないだろう。

「鬼塚、ゆいどのが梟組なのか」

馬場が雲十郎と肩を並べて訊いた。

「そのようだ」

「梟には見えんな。……鳥を追う方ではないか」

馬場が、真面目《まじめ》な顔をして言った。冗談を言ったのではないらしい。

2

ゆいは、賑やかな日本橋通りを北にむかって歩いていく。

後方にいる雲十郎と馬場は、ゆいの後ろ姿を見ながら歩いた。ゆいの前にいる島崎の姿は人混みに紛《まぎ》れて見えなくなるときがあったが、ゆいを見失うようなことはなかった。

日本橋を渡ってすぐ、ゆいは橋のたもとを左手におれた。その先は、日本橋川沿いにつづく道で魚河岸《うおがし》があり、大勢の人が行き来していた。

「おい、まがったぞ」

雲十郎たちは小走りになって、人混みを縫《ぬ》うように進んだ。

日本橋のたもとまで来て、左手に目をやると、人混みのなかにゆいの後ろ姿が見えた。ゆいの門付の姿は人混みのなかでも目立つので、後をついていくのも楽である。

ゆいは、自分の姿なら尾けやすいとみて、先にたったのかもしれない。

島崎が振り返れば、ゆいの姿は目にとまっただろう。だが、島崎はわざわざ目立つ恰好をした門付が跡を尾けているなどとは思ってもみないはずだ。それが、門付に姿を変えた理由であろう。

ゆいは賑やかな魚河岸を過ぎ、江戸橋のたもとを経て入堀にかかる荒布《あらめ》橋を渡った。さらに、日本橋川沿いの道を川下にむかって歩いていく。

「どこへ行くつもりだ」

馬場が訊いた。

「おれにも、分からん」

いまは、ゆいの後ろ姿を見失わず尾けていくしかなかった。

小網《こあみ》町に入ると、人通りが急にすくなくなり、ゆいの前を行く島崎の後ろ姿も見えた。ゆいは、島崎から半町ほど間をとっていた。島崎が振り返って見ても、不審を抱かれないように大きく間をとったようだ。

通り沿いには、廻船問屋や米問屋などの大店が並んでいた。土蔵造りの店舗《てんぽ》や白壁の土蔵などが目につく。

すでに陽は家並のむこうにまわり、西の空には茜色の夕焼けがひろがっていた。川沿いの通りは、人影がまばらだった。印半纏《しるしばんてん》姿の船頭、大八車に船荷を載せて運ぶ廻船問屋の奉公人などが通りかかるだけである。足元から、日本橋川の汀《みぎわ》に寄せる波音が絶え間なく聞こえていた。

雲十郎たちが小網町三丁目に入り、前方に箱崎《はこざき》橋が見えてきたとき、ふいにゆいが川岸に身を寄せ、岸際に植えられた柳の陰に身を隠した。

「おい、何かあったらしいぞ」

馬場が言った。

樹陰に身を隠したゆいが、雲十郎たちの方に顔をむけて手招きして呼んでいる。

「急げ！」

雲十郎たちは走りだした。

ゆいが身を隠している樹陰まで行くと、日本橋川を示しながら、

「あの舟に、島崎が」

と言って、猪牙舟《ちょきぶね》を指差した。

舟には、島崎の姿があった。艫《とも》に立った船頭が艪《ろ》を漕ぎ、川下にむかっていく。

すぐ近くに、桟橋《さんばし》に下りる石段があった。桟橋には、数艘《そう》の猪牙舟が舫《もや》ってある。近くの廻船問屋か米問屋の持ち舟らしい。

「どこへ行く気だ」

日本橋川は大川《おおかわ》につづいていた。大川に出れば、江戸の多くの地に舟で行くことができる。

「分かりません。島崎は、わたしたちを撒いたようです」

ゆいが言った。

「ゆいどのが、跡を尾けていたことに気付いていたのか」

雲十郎は、島崎の乗る舟に目をやりながら言った。舟はしだいに遠ざかり、島崎の姿がちいさくなっていく。

「気付いたとは思えません。……島崎はいつもそうなのです。これで、三度目です」

ゆいによると、一度目は京橋川を渡ってすぐ、島崎は竹河岸にある桟橋にとめてあった舟に乗り、ゆいの尾行を撒いたという。

二度目は駕籠だった。島崎は日本橋の手前で辻駕籠に乗り、橋を渡って間もなく、右手の路地に入ったという。

ゆいは路地に入り、前方に行く駕籠の跡を尾けた。ところが、駕籠かきの様子から空駕籠ではないかと気付き、追いついて駕籠かきに訊くと、やはり空駕籠であった。駕籠かきの話では、客は路地に入ってすぐに駕籠をおり、駕籠かきに酒代を握らせて、このまま駕籠を担いで路地の先へ行くように頼んだという。そして、客は別の路地に走り込んだそうだ。

「おそらく、島崎は藩邸を出た後、だれに尾けられてもいいように、途中で尾行者を撒く手立てをとっているのです」

ゆいが言った。

「用意がいいな」

雲十郎は、島崎は藩の目付たちだけでなく、梟組のことも念頭において尾行者を撒いているのだろうと思った。

「船頭は何者だ」

雲十郎は島崎を乗せた船頭をつきとめれば、島崎の行き先が分かるのではないかと思った。

「おそらく、この桟橋に持ち舟がつないである店に、奉公している男でしょう」

「大野屋《おおのや》か黒田屋《くろだや》だな」

桟橋のすぐ前に廻船問屋らしい大店があり、看板に大野屋と書いてあった。もう一軒は米問屋らしい。看板に書かれた屋号は、黒田屋である。

「船頭に話を聞いても、島崎の行き先はつきとめられないはずです」

ゆいによると、竹河岸で撒かれたとき、船頭をつきとめて話を聞いたが、無駄骨《むだぼね》だったという。

船頭は島崎の名も知らなかったという。島崎は船頭に銭を握らせて舟を出させ、近くの桟橋に下りて走り去ったそうだ。

「島崎は、そうやって尾行を撒いているのです」

ゆいが言った。

「だが、それだけ気を使って尾行者を撒こうとしているのは、島崎が八木沢たちとの繋《つな》ぎ役だからだ」

「わたしたちも、そうみています」

ゆいがそう言ったとき、馬場が、

「尾行がむずかしいなら、島崎をつかまえて口を割らせたらどうだ」

と、語気を強くして言った。

「それしかないいな」

雲十郎も、島崎を捕らえて話を聞いた方が早いと思った。

3

「出て来たぞ！」

馬場が、畠沢藩の上屋敷の裏門に目をやりながら言った。

裏門から姿を見せたのは、浅野の配下の富川だった。富川は、すぐに旗本屋敷の築地塀の陰に身を隠していた雲十郎、馬場、浅野の三人のそばに走り寄った。

「島崎が、長屋を出ました」

富川が言った。

富川は藩邸内にある藩士たちの住む長屋を見張っていて、島崎が姿を見せたので雲十郎たちに知らせに来たのである。

雲十郎と馬場が島崎の跡を尾け、小網町で撒かれてから四日経っていた。雲十郎たちは、島崎を尾行するのではなく、捕らえて口を割らせるつもりだった。

ただ、捕らえるといっても、何の罪状もない島崎に藩邸内で縄をかけるわけにはいかなかった。そこで、藩士たちが起こした事件の探索にあたっている目付組頭の浅野

に相談すると、

「それなら、島崎が藩邸を出てから捕らえ、藩邸とは別の場所に連れていって訊問《じんもん》すればいい」

と話し、藩邸外で捕らえることになったのである。

また、捕らえた島崎を連れていく場所と手段も問題になった。人通りのある道を縄をかけて連行するわけにはいかない。

どこで捕らえるか、島崎の行き先にもよるが、監禁場所は雲十郎たちの住む借家になった。連行する手段として、駕籠を使うことにした。

芝口橋近くの東海道沿いに駕籠安《かごやす》という辻駕籠屋があり、島崎を捕らえることができたら、その店の駕籠を使うことにしたのだ。

「島崎が、姿を見せました！」

富川が昂った声で言った。

裏門のくぐり戸があいて、島崎が姿を見せた。羽織袴姿で二刀を帯びている。

島崎はいつものように門前で足をとめ、路地の左右に目をやってから大名小路の方に足をむけた。

雲十郎たちは島崎をやりすごし、一町ほども離れてから路地に出た。雲十郎たちは変装をしてなかったし、四人もいるので島崎が振り返っても気付かれないように距離をとったのである。

島崎は大名小路に出ると、北に足をむけた。しばらく歩いたところで、雲十郎たちは、すこし足を速めて島崎との間をつめた。藩邸から離れたので、気付かれたら一気に駆け寄って取り押さえればいいと思ったのである。

島崎が右手に折れた。この前と同じ、東海道に出る道筋である。

「東海道に出る前に押さえよう」

雲十郎が言った。

「よし！」

雲十郎たちは、走りだした。

右手におれる通りの半町ほど手前に、右手につづく細い路地があった。

「おれたちが、先回りするぞ！」

言いざま、雲十郎と富川が細い路地に走り込んだ。

その路地が東海道に突き当たる手前で左手におれれば、島崎が入った通りに出ることができる。

雲十郎と富川は、全力で走った。雲十郎より、若い富川の方が足は速かった。先に

富川が左手におれ、島崎が入った通りに出た。つづいて、雲十郎が通りに出ると、

「お、鬼塚どの、島崎が来ます！」

と、富川が喘《あえ》ぎながら言った。全力で走ったせいで、息が上がったらしい。

雲十郎も、ハァハァと荒い息を吐いた。心ノ臓が早鐘のように鳴っている。

一町ほど先に、島崎の姿があった。こちらに歩いてくる。その島崎の後方に、馬場と浅野の姿がちいさく見えた。島崎は、まだ馬場たちに気付いていないようだ。

雲十郎と富川は、路傍の板塀の陰に身を寄せて島崎が近付くのを待った。

通りには、ぽつぽつと人影があった。大名屋敷や旗本屋敷に奉公する中間や供連れの武士などが通り過ぎていく。

しだいに、島崎が近付いてきた。島崎の背後から、馬場と浅野が間をつめてきている。島崎は、まだ馬場たちに気付いていない。

富川は気が逸《はや》るのか、身を乗り出すようにして島崎を見つめ、いまにも飛び出しそうな気配である。

島崎が三十間ほどに近付いてきた。

「行くぞ」

雲十郎はゆっくりと通りに出た。

富川は雲十郎についてきた。すでに、刀の柄を握りしめている。

ふいに、島崎が足をとめた。前からくる雲十郎たちに気付いたらしい。一瞬、島崎は戸惑《とまど》うように通りの左右に目をやったが、両側は武家屋敷の塀になっていて逃げ場がなかった。

雲十郎は疾走した。左手で刀の鯉口を切り、右手で柄を握っている。すこし前屈みの恰好で島崎に迫っていく。

島崎は反転して、後ろに逃げようとした。だが、すぐに足がとまった。駆け寄ってくる馬場と浅野の姿を目にしたのである。

雲十郎は、走り寄りざま抜刀した。居合を遣うわけにはいかなかった。島崎を生《い》け捕《ど》りにするためには、斬らずに峰打《みねう》ちにせねばならない。

「お、おのれ！」

島崎が抜刀した。恐怖と興奮とで顔がひき攣《つ》り、目がつり上がっている。

雲十郎は刀身を後ろにむけ、脇構えにとって、島崎の正面から急迫した。

エエイッ！

いきなり、島崎が甲走った気合を発し、真っ向へ斬り込んできた。迅さも鋭さもなかった。刀を振り上げて、斬り下ろしただけの斬撃である。

すかさず、雲十郎は脇構えから逆袈裟に斬り上げた。

キーン、という甲高い音がひびき、島崎の刀身が跳《は》ね上がった。次の瞬間、雲十郎は刀身を返し、胴を払った。

逆袈裟から胴へ――。神速の太刀捌きである。

ドスッ、という皮肉を打つにぶい音がし、島崎の上半身が前にかしいだ。雲十郎の峰打ちが、島崎の腹を強打したのだ。

島崎は刀を取り落とし、両手で腹を押さえてうずくまった。苦しげな呻き声を洩らしている。雲十郎の一撃が、島崎の肋骨《ろっこつ》でも砕《くだ》いたのかもしれない。

「動くな！」

雲十郎は、切っ先を島崎の首筋に突き付けた。

そこへ、富川、馬場、浅野の三人が駆け寄ってきた。

「富川、駕籠安へ走ってくれ」

雲十郎が頼んだ。

「承知！」

富川は、すぐに駆けだした。島崎を捕らえたら、駕籠を呼んでくる手筈《てはず》になっていたのだ。

雲十郎たち三人は、すぐに島崎を武家屋敷の間の細い路地に連れ込んだ。通りにいては人目に付き、騒ぎだす者がいるかもしれない。

雲十郎たちは駕籠が着くと、島崎を乗せ、山元町にある雲十郎たちの住む借家に連れていった。ひとまず、そこで島崎の訊問をするつもりだった。島崎の罪状があきらかになれば、藩邸内に連れていくこともできる。

4

座敷の隅に置かれた行灯《あんどん》の灯《ひ》に、雲十郎、馬場、浅野の三人の横顔が浮かび上がっていた。三人の目が行灯の灯を映じて赤くひかり、横から照らされた肌が焼き爛《ただ》れているような色を生じていた。

島崎は両腕を後ろで縛られ、雲十郎たち三人に取り囲まれて畳に座り込んでいた。腹の激痛と恐怖に顔がゆがみ、体を顫《ふる》わせている。

「島崎、訊きたいことがある」

浅野が切り出した。

「……………」

島崎は顔を上げて浅野を見たが、何も言わなかった。顔に憎悪《ぞうお》の色を浮かべただけである。

「屋敷を出て、どこへ行くつもりだった」

浅野の声は静かだが、重いひびきがあった。

「し、知らぬ」

島崎が、顔をゆがめて言った。話す気はないようである。

「八木沢たちに会うつもりだったのではないか」

浅野は八木沢の名を出して訊いた。浅野は、佐久間が死んだ後、残った八木沢、横山、西尾の三人のなかでは、御使番だった八木沢が頭とみていたからである。

「……………」

島崎は返答しなかった。口を結んだまま、視線を膝先に落としてしまった。

「おまえが、八木沢たちと連絡をとっていることは、分かっている」

「な、ならば、訊くことはあるまい」

島崎が、突《つっ》っ撥《ぱ》ねるように言った。

「どこで会っているか、知りたいのだ」

「おれは、八木沢どのたちと会ったことはない」

「いや、会っている。……八木沢たちと、どこで会った！」

浅野が語気を強くして訊いた。

「……」

島崎は口を強く結び、また視線を膝先に落としてしまった。

その後、浅野が何を訊いても、島崎は頑として口をひらかなかった。

……この男から聞き出すのは、容易ではない。

と、雲十郎は思った。

その夜、浅野の訊問は一刻（二時間）ほどつづいたが、島崎から何も聞き出せなかった。いったん、浅野と富川は藩邸にもどった。そして、翌日の午後から、ふたたび島崎の訊問を始めた。

だが、島崎は浅野のどんな訊問にも、口をひらかなかった。三日目もつづいたが、島崎は、

「松村さまに使いを命じられ、廻船問屋の大松屋《だいまつや》に出向いた」

と、口にしただけだった。

大松屋は畠沢藩の蔵元で、藩の専売米や特産の材木、木炭、漆《うるし》などを江戸に廻漕して売りさばいている大店だった。行徳《ぎょうとく》河岸にある。

島崎によると、今年予想される、畠沢藩の米の収穫高などを伝えにいったという。江戸の留守居役の内藤が大松屋との商談にあたることが多かったが、ちかごろは年寄の松村が大松屋と話すことがあった。

四日目、雲十郎は島崎の体力がだいぶ弱ったのを見て、浅野が訊問している部屋を出たとき、

「浅野どの、島崎をすこし脅《おど》してみるか」

と、小声で言った。

「そうだな。拷問《ごうもん》することはできないが、脅すだけならかまわんだろう。……何かいい手があるか」

浅野が訊いた。

「それがしが、やってもいいかな」

「やってみてくれ」

浅野は承知した。

雲十郎は別の部屋で襷をかけ、袴の股立を取ると、大刀を腰に帯びて島崎の前に立った。

島崎は前に立った雲十郎を見て、驚いたような顔をし、

「な、何をするつもりだ」

と、声を震わせて訊いた。

「島崎、何を訊いても口をひらかぬようだが、われらはこのままおぬしを放免《ほうめん》することはできんのだ」

雲十郎の声は静かだが、強い意志を感じさせるひびきがあった。

「……………」

島崎が不安そうな顔をした。

「ここから先は、ひとつしか行き場はない」

「おれを、どこへ連れていく気だ」

「冥府《めいふ》だ」

「なに……!」

島崎の顔が、押し潰されたようにゆがんだ。

「おぬし、おれが佐久間の首を落としたのを見たな」

「み、見た」

「おぬしは、おれの手で、横瀬さまや広長どのたちを斬殺した仲間との汚名を着て、

この場から冥府へ行くことになる。おそらく、島崎家も断絶ということになろう」

雲十郎が言うと、

「仕方があるまい。それしか手がないのだ」

と、浅野が言った。

「だが、見事な最期を遂《と》げたことにしてやる。……おぬしは、ここで腹を切り、おれが介錯をしてやるのだ」

「ま、待て！　おれは、腹を切るつもりなどないぞ」

島崎が、声を震わせて言った。顔から血の気が引き、紙のように蒼ざめている。

「先ほど、いまのままでは、それしか道はないと言ったではないか」

「お、おれは、切腹などせぬ！」

島崎が腰を浮かし、身をよじって声を上げた。

「おぬしにその気はなくとも、おれたちには、おぬしに腹を切ってもらうしかないのだ」

雲十郎が言った。

「……！」

島崎の顔が恐怖にひき攣った。

「馬場、島崎の腹を出してくれ」

「分かった」

すぐに、馬場が島崎の両襟をつかんでひらき、腹を出した。

「切腹と見せるためには、腹を突き刺してから首を落とした方がいいな。馬場、島崎の後ろから小刀で腹を突き刺してくれ」

そう言って、雲十郎は島崎の脇に立つと、刀を抜いて八相に構えた。

「よし、おれが、おぬしの腹を切ってやろう」

馬場は、座敷の脇に置いてあった島崎の大小のうち、小刀を手にして抜いた。そして、切っ先を手前の方にむけて柄を握ると、島崎の背後にまわった。

「よ、止《よ》せ！」

島崎が悲鳴のような声を上げた。

「佐久間のように、見事に腹を切ったと話してやる」

馬場がそう言い、体を島崎の背に密着させ、小刀の切っ先を島崎の左腹に当てた。

島崎が身をよじって逃げようとしたが、馬場の大きな体に包まれるような恰好になって身動きできない。

「いくぞ」

雲十郎が全身に気勢をみなぎらせ、斬首の気配を見せた。

「ま、待ってくれ！」

「話すか！」

雲十郎が語気を強くした。

「は、話す！　……話す」

島崎は肩を落とし、喘ぎ声を洩らした。

「ならば、刀を引こう」

雲十郎は、一歩身を引いてから刀を下ろして納刀した。

すると、雲十郎と馬場に代わって、浅野が島崎の前にまわった。

「おれから訊く。……八木沢たちとは、どこで会った」

浅野が切り出した。

「ふ、深川《ふかがわ》、佐賀《さが》町……」

八木沢たちは、佐久間が死んだ後、それぞれの潜伏先から姿を消したが、新たな隠れ家を佐賀町にみつけたらしい。

「佐賀町のどこだ」

深川佐賀町は、大川端につづいているひろい町だった。佐賀町というだけでは探しようがない。

「油《あぶら》堀近くの借家だ」

「借家か」

それだけ分かれば、すぐに突き止められる。

「そこには、八木沢とだれがいるのだ」

さらに、浅野が訊いた。

「横山どのと西尾どのがいる」

「鬼仙斎は?」

「鬼仙斎どののことは、知らぬ」

「ところで、島崎、何を知らせるために八木沢たちと会っていたのだ。一度ではなく、何度も会ったはずだぞ」

浅野が声をあらためて訊いた。

「は、藩邸内のことだ……」

島崎は言いにくそうに声をつまらせた。

「ご家老や先島さまの動きを知らせたわけか」

「……」

島崎は困惑したように顔をゆがめ、口をとじたままちいさくうなずいた。

「知らせるよう指示したのが、松村さまだな」

「お、おれは、松村さまに会って直接話を聞いたことはない。尾川から言われたのだ」

「尾川か」

おそらく、松村が尾川に話し、尾川が島崎に伝えていたのだ。松村が直接島崎に話さなかったのは、先島をはじめとする目付たちの目を尾川からそらすためであろう。

それに、松村自身にも疑いの目がむけられることがない。松村から度々話を聞いている尾川が藩邸から出なければ、松村が八木沢たちと連絡をとっているという疑念が生じないのだ。

それから、浅野は松村と切腹した佐久間や国許の広瀬とのかかわりを訊いたが、島崎は知らないようだった。

その日、すでに陽は西の空にまわっていたが、雲十郎、馬場、浅野、大杉、それに目付と徒士が十人くわわり、ただちに深川佐賀町にむかった。八木沢たち三人を捕らえようとしたのである。

だが、行ってみると、借家はもぬけの殻《から》だった。八木沢たち三人は、姿を消していた。家のなかに入ってみると、食器類や夜具などは残されていたので、身のまわりの物だけを持って急遽《きゆうきよ》家を出たようだ。

「八木沢たちは、島崎がわれらに捕らえられたことを知ったのだな」

浅野が残念そうな顔をして言った。

雲十郎も、八木沢たちは島崎の口から佐賀町の隠れ家が洩れることを察知して姿をくらませたのだろうと思った。

……それにしても早い。

と、雲十郎は思った。島崎を捕らえてから四日目だが、だれかが八木沢に知らせたのだろう。

尾川ではあるまいか――。尾川なら、島崎が藩邸から姿を消したことはすぐに分かったはずである。

雲十郎が尾川のことを浅野たちに話すと、

「尾川に、目を配っておけばよかった」

浅野が、無念そうな顔をして言った。

5

その日、雲十郎は山元町の借家にひとり残った。いや、ひとりではない。島崎も監禁されていた。

雲十郎たちが島崎の自白で、佐賀町にあった八木沢たちの隠れ家に急行してから四日経っていた。まだ、島崎を藩邸に帰すわけにはいかなかった。松村や尾川がどうでるか分からなかったし、まだ島崎が隠していることがあるように思えたのである。

馬場は朝から愛宕下の上屋敷に出かけていた。今日は、江戸家老の小松が築地にある下屋敷に出かけるというので、大杉たちとともに警護についたのである。雲十郎は、島崎を監禁していることもあって、借家に残ることにしたのだ。

暮れ六ツ（午後六時）過ぎだった。まだ、馬場は帰ってこなかった。築地から愛宕下の上屋敷まで小松の警護をしてから帰るので今夜は遅くなるのだろう。

雲十郎は、おみねが支度してくれた夕餉を食べた後、酒の入った貧乏徳利と湯飲みを手にして縁側に出た。夜は長いので酒でも飲もうと思ったのである。

おみねには、島崎のことを藩で罪を犯した者だが、事情があって数日の間だけ家に監禁しておくので、近付かないようにと話してあった。

縁側の先に、わずかばかりの庭があった。庭といっても、隅の方に枯れかかった松と枝を伸ばした梅があるだけで、地面は雑草におおわれていた。その先には、低い板塀がまわしてある。

夜の色が深まった上空で、星がまたたいていた。庭の隅で虫の音が聞こえた。微風《そよかぜ》のなかに、秋の気配を感じさせる涼気がある。

いっときすると、台所の方で聞こえていた水を使う音がやんでいた。おみねは、夕餉の後片付けを終えて帰ったらしい。

雲十郎は、虫の音を聞きながら縁先で茶碗酒をかたむけていた。

それから、半刻（一時間）ほど経っただろうか。辺りは夜陰につつまれ、上空で月がかがやいていた。風が冷たく感じられる。

ふいに、庭の隅で聞こえていた虫の音がやんだ。

……だれか、来る！

ヒタヒタと、板塀に近付いてくる足音がした。

ひとりではない。ふたりである。雲十郎の脳裏に、梟組のゆいと百蔵のことがよぎった。だが、ゆいや百蔵とちがって、重い足音だった。

足音は、板塀の近くでとまった。戸口の前かもしれない。

……入ってくるようだ。

雲十郎はそっと立ち上がり、座敷の隅にあった刀を手にして腰に帯びた。

戸口の方から縁先にまわってくる足音がし、黒い人影がふたつ、近付いてきた。ひとりは巨漢だった。もうひとりは、中背で痩身である。ふたりとも武士だった。小袖に袴姿で二刀を帯びている。

……鬼仙斎だ！

その巨軀に見覚えがあった。鬼仙斎である。

もうひとり、中背の武士は、鬼仙斎といっしょに雲十郎を襲った男だった。

ふたりは庭のなかほどに立ち、雲十郎に顔をむけた。ふたりとも、頭巾をかぶっていなかった。

鬼仙斎は、赭黒い大きな顔をしていた。眉が濃く、口や鼻が大きかった。ギョロリとした目をしている。まさに、鬼のような顔である。

中背の武士は、面長で浅黒い肌をしていた。目が細く、唇が薄かった。頰《ほお》に刀傷がある。

……こやつが、横山だ！

雲十郎は、横山の頰に刀傷がある、と百蔵から聞いていたのだ。

「鬼塚、今日こそ、うぬの命はもらったぞ」

鬼仙斎が、吼《ほ》えるような声で言って、刀を抜いた。

ギラリ、と刀身がひかった。三尺はあろうかという長刀が、月光を反射《はね》て銀色《しろがねいろ》にかがやいている。

「うむ……」

雲十郎は、左手で刀の鍔元を握り鯉口を切った。

鬼仙斎との間合は、五間ほどあった。すぐには、斬り込めない遠間である。

雲十郎は庭に下りなければ、鬼仙斎と闘えないとみた。居合は、高い場所から下にいる敵を斬りづらかった。下にむかって、抜きつけの一刀をはなつのはむずかしいのだ。

そのとき、横山が左手にまわり込んできた。まだ、抜刀していない。

「横山！　鬼塚はおれが斬る。おぬしは、島崎を始末しろ」

鬼仙斎が、横山に声をかけた。

「承知」

横山が刀を抜いて縁側の端に飛び上がった。

……島崎を斬る気だ！

雲十郎は、鬼仙斎と横山が島崎を始末するためにここに来たことを察知した。

横山は、すぐに障子をあけて座敷に踏み込んだ。

雲十郎は動けなかった。反転して横山を追えば、鬼仙斎が踏み込んできて背後から斬りつけるとみたのである。

「鬼塚、こい！」

鬼仙斎が叫んだ。

雲十郎は腰を沈め、右手を柄に添えて抜刀体勢をとったまま縁側の端から庭に下りた。ここは、鬼仙斎と闘うしかなかった。

鬼仙斎は、長刀を上段に構えたまま動かなかった。雲十郎が、庭に下りるのを待っていたのである。

雲十郎は鬼仙斎と対峙した。間合は、およそ三間半――。まだ、一足一刀の斬撃の間合の外である。

鬼仙斎は、上段に構えた刀身をほぼ垂直に立てていた。巨軀とあいまって大樹のような大きな構えだった。

切っ先で天空を突くように伸びた長刀が、銀色の光芒《こうぼう》のように夜陰のなかでひかっている。

雲十郎は、横霞を遣うつもりだった。上段に構えた鬼仙斎は胴があいている。横一文字に払う横霞に利があるとみたのである。ただ、鬼仙斎の刀は長く、しかも大きな上段に構えているので、横霞をはなつ間合に入れるかどうかむずかしい。

ふたりは、対峙したまま動かなかった。鬼仙斎は全身に気勢を込め、斬撃の気配を見せて敵を攻めていた。気攻《きぜ》めである。

対する雲十郎は、気を静めて居合の抜刀の機をとらえようとしていた。

そのとき、家のなかで、ギャッ！ という絶叫がひびいた。

……島崎が斬られた！

と、雲十郎は頭のどこかで思った。

すぐに、雲十郎は動いた。島崎を仕留めた横山が、もどってくる前に鬼仙斎との勝負を決しなければ、勝機はないとみた。前後から鬼仙斎と横山に攻められたら、太刀打ちできない。

6

ズズッ、と雲十郎の足元で雑草を分ける音がひびいた。雲十郎が、足裏を摺るようにして鬼仙斎との間合をつめていく。

対する鬼仙斎は、動かなかった。大きな上段に構えたまま、雲十郎が斬撃の間合に入るのを待っている。

ふたりの間合が狭まるにつれ、ふたりから鋭い剣気がはなたれ、斬撃の気配が高まってきた。

雲十郎が一足一刀の斬撃の間境に踏み込むや否や、ほぼ同時にふたりの全身に斬撃の気がはしった。

イヤアッ！

タアッ！

大気を劈《つんざ》くような両者の気合がひびき、体が躍《おど》った。

次の瞬間、シャッ、という刀身の鞘走る音がし、雲十郎の腰元から閃光がはしった。

右手に踏み込みながら、横一文字に――。神速の横霞の一刀である。長間髪をいれず、鬼仙斎が上段から斬り下ろした。刃唸りをたてて真っ向へ――。長刀が夜陰を大きく切り裂いた。

雲十郎の切っ先が、鬼仙斎の脇腹をかすかにとらえて空を切り、鬼仙斎のそれは、雲十郎の着物の左肩先を斬り裂いて流れた。やはり、雲十郎の踏み込みが足りなかったのだ。

次の瞬間、ふたりは背後に跳んで大きく間合をとった。それぞれが敵の二の太刀を恐れたのである。

鬼仙斎は、ふたたび上段に構えた。対する雲十郎は、脇構えにとった。納刀する間がなかったのである。

鬼仙斎の裂けた着物の間から脇腹が見え、あらわになった肌から、タラタラと血が流れ落ちていた。だが、薄《うす》く皮肉を裂かれただけだった。闘いには何の支障もないだろう。

「居合が、抜いたな」

鬼仙斎の口許に薄笑いが浮いた。居合は抜刀すれば、その威力が半減すると知っているようだ。

雲十郎は無言だった。脇構えから、居合の呼吸で逆袈裟に斬り上げるつもりだった。

ふたりの間合は、およそ三間半――。

「いくぞ！」

一声上げて、鬼仙斎が間合をつめ始めた。

雲十郎は後じさった。このまま鬼仙斎を斬撃の間合に入れたくなかったのである。

そのとき、背後で足音がし、障子があいた。

……横山だ！

島崎を仕留めた横山が、もどってきたのだ。

横山は座敷から縁側に出てきた。雲十郎の背後にまわり込んでくる。

雲十郎は、後じさっていた足をとめた。背後で、横山が雲十郎に切っ先を向けているのを察知したのだ。

「鬼塚、逃げられんぞ！」

鬼仙斎は、さらに間合をつめてきた。

……やられる！

雲十郎が察知したとき、背筋に冷たいものがはしった。恐怖が身体を貫《つらぬ》いたのである。

鬼仙斎と横山が、前後から攻めてくる。すでに、鬼仙斎との間合は近く、その場から逃げる間はなかった。

とそのとき、鬼仙斎が、グッと喉のつまったような呻き声を洩らし、身をのけ反《ぞ》らせた。

……石礫だ！

ゆいが、石礫を打ったのだ。

鬼仙斎の背後に、黒い人影があった。闇に溶ける装束に身をつつんだゆいである。

石礫を背に受けた鬼仙斎は、上段の構えをくずさなかった。さすがである、寄り身をとめたが、雲十郎を見つめたまま視線も揺らさなかった。

さらに石礫の飛来する音がし、鬼仙斎の背でにぶい音がした。鬼仙斎は、石礫を背に受けても動じなかった。厚い筋肉が、石礫の打撃に耐えているのだ。こうなると、ゆいの石礫も鬼仙斎の動きをとめられない。

「梟組にかまわず、鬼塚を斬れ！」

鬼仙斎が怒鳴《どな》り声を上げ、ふたたび間合をつめ始めた。鬼仙斎は、石礫を投げた者が梟組と知っているようだ。

こうしている間に、背後の横山が縁側から庭に下りて、雲十郎の背後に踏み込んできた。

鬼仙斎と横山が、鋭い殺気をはなちながら前後から迫ってくる。

雲十郎は左手に動いた。ともかく、横山の背後からの斬撃を避けようとしたのである。

と、すばやい動きで、横山が左手に動いた雲十郎の背後にまわり込んだ。横山の全身に斬撃の気が高まっている。

タアッ！

いきなり、雲十郎は短い気合を発し、横山の方に体をひねりながら斬り上げた。

脇構えから逆袈裟に——。

刹那、横山は背後に跳んで雲十郎の斬撃をかわした。

このとき、雲十郎に隙ができた。

一瞬の隙を、鬼仙斎がとらえ、踏み込みざま雲十郎にむかって斬り下ろした。

咄嗟に、雲十郎は身を引いて斬撃をかわそうとしたが間にあわなかった。鬼仙斎の切っ先が、雲十郎の左肩をとらえた。

バサッ、と雲十郎の着物が裂けた。左肩から胸にかけてあらわになった肌に血の線がはしり、ふつふつと血が噴いた。だが、浅手である。皮肉を浅く裂かれただけだ。闘いに支障はない。

なおも、鬼仙斎は刀を上段に構え、雲十郎に迫ってきた。

「鬼塚さま！」

ゆいの甲走った声がひびき、叢《くさむら》を疾走する足音が聞こえた。

ゆいが、鬼仙斎の背後に迫ってくる。鋭い寄り身である。雲十郎の目に、ゆいの姿が獲物を襲う夜走獣のように映った。

ゆいは、右手に懐剣を握りしめていた。切っ先を前に突き出すように、構えている。

鬼仙斎が背後を振り返った。

ゆいは鬼仙斎の背後に急迫し、エイッ、と短い気合を発し、懐剣を斜《はす》に払った。見事な懐剣の捌きである。ゆいは小太刀の心得もあるようだ。

咄嗟《とっさ》に鬼仙斎が振り向いた瞬間シャッ、と着物を裂く音がし、鬼仙斎の肩から胸にかけて着物が裂けた。アッ、と声を上げ、鬼仙斎は右手に跳んだ。だが、肌に血の色はない。ゆいの一撃は、鬼仙斎の着物を裂いただけのようだ。

「おのれ！　小娘」

鬼仙斎はゆいに体をむけて踏み込み、長刀を袈裟に斬り下ろした。鬼仙斎は、懐剣を手にして襲ってきたゆいを女と気付いたようだ。

鬼仙斎の切っ先が、ゆいの左肩から腕にかけて斬り裂いた。ゆいの白い左腕があらわになり、腕の付け根あたりから血が噴いた。

ウウッ、とゆいが顔をしかめ、低い呻き声を洩らしながら後じさった。顔が苦痛にゆがんでいる。

「ゆいどの！」

叫びざま、雲十郎がすばやい動きで鬼仙斎の左手に迫り、刀身を横一文字に払った。横霞の太刀捌きである。

切っ先が鬼仙斎の左腕をとらえ、袖が横に裂けた瞬間、左の二の腕から血が迸《ほとばし》り出た。左手が刀の柄から離れ、刀身が下がった。鬼仙斎は叫び声を上げ、慌てて後ろへ逃げた。腕の傷はそれほど深くないが、出血は激しい。

雲十郎は鬼仙斎を追わず、ゆいのそばに走った。ゆいは、蒼ざめた顔で立っていた。左腕が血に染まっている。

「ゆいどの、逃げるぞ！」

雲十郎はゆいの右手をとると、戸口の方へ走った。ここは、逃げるしか手はなかった。

「逃がすか！」

背後で、鬼仙斎の怒鳴り声が聞こえ、追ってくる足音が聞こえた。

7

雲十郎は、ゆいの右手をとったまま路地に飛び出した。

「待て！　待たぬか」

鬼仙斎の声が聞こえた。

背後から追ってくるのは、鬼仙斎と横山だった。鬼仙斎の左腕は血に染まっている。

「鬼塚さま、大事ありませぬ」

ゆいは、きつい声で言うと、雲十郎のつかんでいる手を振り払った。目をつり上げている。気丈な女である。

ゆいは、雲十郎と肩を並べて走りだした。梟組だけあって、足も速かった。雲十郎の方が遅れがちである。

辺りは夜陰に染まっていた。路地沿いの町家は夜の帳《とばり》につつまれ、洩れてくる灯もなくひっそりと寝静まっている。頭上の月が、路地を淡い青磁《せいじ》色に照らしていた。まだ、鬼仙斎と横山は追ってきたが、その足音がしだいにちいさくなってきた。雲十郎たちとの間があいたらしい。

雲十郎は、右手の町家の間に細い路地があるのを目にすると、

「ゆいどの、こっちだ」

と言って、路地に駆け込んだ。

路地は他の路地と交差し、その先に古刹《こさつ》があるはずだった。そこまで行くうちに、鬼仙斎たちは自分たちを見失う、と雲十郎はみたのである。

雲十郎とゆいは、走るのをやめて足早に歩いた。背後からの足音が聞こえなくなったのだ。路地沿いにつづく家々が月光を遮《さえぎ》り、路地は暗かった。それでも、何とか進むことはできた。

「何とか、逃げられたようだ」

雲十郎が背後を振り返って言った。

鬼仙斎たちの姿はなかった。足音も聞こえない。かすかな風音が聞こえるだけで、辺りは静寂につつまれている。

すこし歩くと、雲十郎の荒い息は収まってきたが、ゆいの息は乱れたままだった。走ったせいではなく、腕の傷のせいらしい。

路地の先に、古刹の山門が見えた。星空のなかに、山門が黒々と聳《そび》え立っている。雲十郎は山門をくぐった。ゆいは黙ってついてきた。雲十郎は、どこかに腰を落ち着けて、ゆいの傷をみようと思った。夜陰につつまれてはっきりしないが、ゆいの左腕からはまだ出血している。

山門の先に、本堂があった。その本堂の右手に庫裏《くり》らしい建物があったが、灯の色はなかった。

雲十郎は、本堂の階《きざはし》に腰を下ろした。そこは境内をかこった杜《もり》のなかほどらしく、月光が辺りを照らしていた。

ゆいは戸惑うような顔をして、階の前に立っていたが、雲十郎が、

「ここに、腰を下ろすといい」

と言って、右手に手をむけると、ゆいは雲十郎からすこし離れて階に腰を下ろした。

「……………」

ゆいは何も言わず、うなだれるように顔を伏せている。

「腕の傷を見せてくれ」

雲十郎は、ゆいの左腕に目をやった。

肩口から袖が裂け、腕の付け根あたりが血に染まっていた。傷口から、血が流れ出ている。袖も、どっぷりと血を吸っていた。

……このままにしておくと、命にかかわる！

と、雲十郎は思った。

ひとは、腕や足の傷でも多量の出血で死ぬことがある。雲十郎は浅右衛門や一門の者たちと小伝馬町の牢屋敷に出かけ、土壇場で罪人の首を落とすのを度々見ていた。そうした経験から、首は落ちなくとも、ひとが多くの血を流すことで死ぬのを知ったのである。

ときには、斬首の瞬間に罪人が暴れ、首打ち人の振り下ろした刀の切っ先が、首筋を浅く斬り裂いただけで終わることもある。ところが、首筋の太い血管《ちくだ》を斬ると、血が激しく噴出し、それだけで死ぬことがあるのだ。むろん、首打ち人はそのままにせず、押し斬りにして罪人の首を落とす。

「大事ありません」

ゆいは小声で言って、左の肩先を右手で押さえた。すると、その右手の指の間から血が流れ出、手の甲をつたって滴《したた》り落ちた。

「だめだ！　傷を見せろ」

雲十郎は強い声で言うと、ゆいに体を寄せ、ゆいの右手をつかんで傷口から離した。

「出血が激しい。このままにしておけぬ」

雲十郎は刀をつかむと、血に染まったゆいの袖を切っ先で切り取った。

そのとき、ゆいの肩から胸にかけて肌があらわになり、白い乳房のふくらみが見えた。椀のような形をした白蠟《はくろう》のような乳房である。

アッ、とちいさな声を洩らし、ゆいが慌てて右手で胸を押さえた。ゆいの視線が揺れ、白い頰が朱を刷いたように染まった。

雲十郎はかまわず、ゆいの左肩と左腕をあらわにした。血は傷口から迸《ほとばし》るように出ている。

……血をとめねば！

雲十郎は、切り取ったゆいの袖をさらに切り裂き、血の汚れのない部分を肌に触れるようにして、傷口に強く押し当てた。

「ゆい、三尺手ぬぐいを持っているか」

雲十郎は、忍者や隠密などが三尺手ぬぐいを持っていることを知っていた。梟組のゆいも持っているかもしれない。

三尺手ぬぐいは、頬かぶり、鉢巻《はちまき》、帯など様々な使い道があった。むろん、傷の手当てのおりも、包帯《ほうたい》として使うことができる。

「は、はい……」

ゆいは右腕を胸から離して懐に入れ、折り畳んだ三尺手ぬぐいをとりだした。

「傷口を縛る。左腕を上げてくれ」

雲十郎の声には、有無を言わせない強いひびきがあった。

「……!」

ゆいは戸惑うような顔をしたが、左腕を上げた。

ゆいは右手で強く胸を押さえていたが、腋《わき》から腹のあたりがあらわになった。色白のほっそりした体である。

雲十郎は、三尺手ぬぐいをゆいの腕の付け根あたりから肘にかけて巻きつけ、強く縛った。ゆいは身を硬くし、かすかに体を顫わせていたが、抗《あらが》おうとはしなかった。

雲十郎のなすがままになっている。

「これでいい」

雲十郎が、安堵《あんど》したように言った。

ゆいは、雲十郎に顔をむけ、

「お、鬼塚さま……」

ゆいの声が、震えた。礼を言おうとしたらしいが、胸に衝《つ》き上げてきたものがあり、言葉がつづかなかったようだ。

雲十郎にむけられたゆいの顔に、女らしい切なそうな表情が浮かんだが、すぐに消え、

「助かりました。いずれまた、お目にかかります」

と、いつもの気丈そうな顔で言った。

ゆいは立ち上がり、右手で左腕を押さえながら小走りに雲十郎から離れていった。

雲十郎は、夜陰のなかに消えていくゆいの後ろ姿を見つめながら、

……助けられたのは、おれの方だ。

と、胸の内でつぶやいた。

第四章　廻船問屋

1

梟組の渋沢百蔵は、松の樹陰から畠沢藩の上屋敷の表門に目をやっていた。そこは大名小路で、路傍に松が植えられていた。

百蔵は菅笠をかぶり、風呂敷《ふろしき》包みを背負っていた。小袖を裾高に尻《しり》っ端折《ぱしょ》りし、股引に草鞋履きで脇差を腰に差している。旅の薬売りのような恰好である。

ここ数日、百蔵は表門の近くに来て、藩邸に出入りする者に目を配っていた。年寄の松村やその配下の者たちが、ちかいうちに動くとみていたのである。

百蔵がその場に身を隠して半刻（一時間）ほど過ぎたとき、門扉があいて駕籠が出てきた。藩の重臣の乗る御留守居駕籠である。陸尺のほかに従者が四人いた。駕籠の前後にふたりずつついている。

……松村だな！

百蔵は、駕籠のそばに尾川と矢島宗太郎《やじまそうたろう》という御使番の者がいるのを目にとめた。尾川もそうだが、矢島も松村の配下だったので、駕籠の主が分かったのである。小松や先島に、尾川や矢島が従うことはなかったからだ。

駕籠は藩邸を後にすると、大名小路を北にむかった。

百蔵は樹陰から出て駕籠を尾け始めた。歩きながら通りに目をやったが、駕籠を尾けているらしい武士の姿はなかった。百蔵は、畠沢藩の目付筋の者が松村の跡を尾けて、行き先をつきとめるのではないかと思ったのだ。

駕籠の供のなかに、大杉の配下の徒士がいるのかもしれない。大杉の配下の者がいれば、わざわざ跡を尾ける必要はないのである。

駕籠は東海道に出ると、さらに北にむかい、京橋を渡って賑やかな日本橋通りに出た。様々な身分の若老男女が行き交っている。

百蔵は松村の駕籠に近付いた。人通りが多くなったので、近付いても尾行に気付かれる恐れはなかった。

やがて、駕籠は日本橋を渡ると、日本橋川沿いの道を川下にむかった。そこは魚河岸のある通りで、盤台《ばんだい》を担いだぼてふり、魚の入った桶を運ぶ魚屋の奉公人、船頭などが行き交っていた。

駕籠は江戸橋のたもとを過ぎ、小網町に入った。さらに、川下にむかっていく。

……大松屋かもしれん。

百蔵は、行徳河岸にある廻船問屋の大松屋が、畠沢藩の蔵元であることを知っていた。松村や留守居役の内藤は、藩米や特産品の商談のために大松屋に出かけることがあるらしい。

駕籠は、土蔵造りの大店の前にとまった。そこは箱崎橋のたもと近くで、日本橋川に面した通りである。店の脇には船荷をしまう倉庫があり、裏手には白壁の土蔵があった。廻船問屋らしい。

百蔵は、松村が駕籠から下り、供の武士をしたがえて店内に入るのを目にしてから、店の前に近付いた。

店の看板に、大松屋と記してあった。繁盛《はんじょう》している店らしく、商家の旦那《だんな》ふうの男や印半纏姿の奉公人らしい男などが、頻繁《ひんぱん》に出入りしていた。

百蔵は大松屋の脇まで来て店先に目をやったが、すぐにその場を離れた。そして、半町ほど歩き、日本橋川の岸際に足をとめると、

……さて、どうしたものか。

と、つぶやいた。

店内に侵入して、松村と店の者の話を盗み聞きするわけにもいかない。奉公人をつかまえて訊いても、商談に来ただけだと口にするだろう。

百蔵が大松屋の店先に目をやっていると、店の暖簾《のれん》をくぐって、武士がひとり姿を

見せた。

……矢島だ！

姿を見せたのは、矢島である。

矢島は足早に店先から離れると、川上にむかった。そして、桟橋につづく石段を下りていった。

……どこへ行く気だ。

百蔵は小走りに川上にむかった。

川岸から見ると、桟橋には数艘の猪牙舟と茶船《ちゃぶね》が舫ってあり、船頭の姿もあった。

矢島は桟橋に下りると、猪牙舟のそばにいた船頭になにやら声をかけてから、舟に乗り込んだ。舟でどこかへ行くらしい。

船頭は矢島のことを知っているらしく、すぐに艫《とも》に立って棹《さお》を手にした。そして、舟を桟橋から離して水押《みお》しを川下の方へむけた。

……深川か。

舟は深川にむかったのではあるまいか──。

百蔵は、島崎が深川佐賀町の借家で八木沢たちと会っていたことを知っていた。

ただ、八木沢たちはその借家から姿を消し、いまは空き家になっているはずだった。まさか、借家に舞い戻ったわけではないだろう。

矢島を乗せた舟は、日本橋川を大川の方へむかっていく。矢島の姿が遠ざかり、やがて川岸に並ぶ表店の向こうにまわって見えなくなった。

百蔵は桟橋にいる船頭に訊いてみようと思い、石段を下りて桟橋に出た。

百蔵は、猪牙舟の船梁《ふなばり》に腰を下ろし、煙管《キセル》で莨《たばこ》をくゆらせている船頭に近付くと、

「ちょいと、すまねえ」

と、声をかけた。町人らしい物言いである。

「おれかい」

船頭が、煙管を手にしたまま百蔵に顔をむけた。陽に灼《や》けた丸顔の男である。手にした煙管の雁首《がんくび》から出た煙が川風に散っていく。

「いま、ここから舟で出たお侍がいるな」

「ああ、それがどうしたい」

船頭は手にした煙管の雁首を船縁《ふなべり》でたたいた。

ジュッ、と音がし、吸い殻が流れに散って水中に消えていく。

「おれが、旅先で世話になったお侍に似てるんだが、畠沢藩のお方じゃァねえかい」

百蔵は、畠沢藩の名を出した。

「そうだよ。おめえ、旅先で会ったのかい」

船頭の顔に不審そうな色があった。百蔵の話がにわかに信じられなかったのだろう。

「もう、何年も前《めえ》だが……。雲助にからまれているとき、ちょうど通りかかってな。助けてもらったのよ」

百蔵はもっともらしく言った。

「そんなことがあったのかい」

「名は矢島さまだったな」

「ああ、矢島さまだ」

船頭は煙管を莨入れにしまいながら言った。顔の不審の色は消えている。百蔵が矢島の名を出したので信じたらしい。

「ところで、矢島さまはどこに行ったんだい」

百蔵が船頭に歩を寄せて訊いた。

「竹造《たけぞう》は、川向こうに行くと言ってたな」

船頭の名は竹造らしい。

「川向こうと言うと、深川か」

やはり、深川らしい。

「そうよ」

「深川のどこだい」

深川だけでは、探しようがない。

「聞いてねえなア……」

船頭は首をひねった。

「竹造という船頭は、どこの店に奉公してるんだい」

「大松屋だよ。……おれも、そうだ」

船頭によると、この桟橋は大松屋の専用だという。舫ってある舟も、大松屋の持ち船だそうだ。

「それじゃァ、竹造はここに帰《けえ》ってくるわけだ」

「ああ、長くても、一刻（二時間）もすりゃァ帰《けえ》ってくる」

「通りかかったときに、覗《のぞ》いてみるか」

百蔵は、邪魔したな、と船頭に声をかけて桟橋を離れた。

それから、百蔵は半刻（一時間）ほど行徳河岸を歩き、近くの店の奉公人や船頭などに大松屋のことを聞き込んでから、桟橋近くにもどった。

百蔵は日本橋川の岸際の樹陰に腰を下ろし、旅の行商人が一休みしているような恰好をして、桟橋に目をやっていた。

百蔵が腰を下ろしていっときしたとき、一艘の猪牙舟が桟橋に近付いてきた。舟にいるのは、艫で棹を手にしている船頭だけだった。

……竹造だ！

百蔵は船頭の姿に見覚えがあった。矢島を乗せて桟橋を離れた竹造である。どうやら、竹造は矢島をどこかに下ろして、もどってきたらしい。

百蔵は急いで桟橋に下り、舟を舫い杭《ぐい》に繋いでいる船頭に、

「竹造さんかい」

と、声をかけた。幸い、他の船頭の姿はなかった。

「そうだよ」

竹造は怪訝《けげん》な顔をした。

百蔵は、さきほど船頭にしたのと似たような話をし、お礼がしたいと言って、矢島の行き先を訊いた。

「深川の熊井《くまい》町だよ」

竹造によると、江戸湊の海岸に面したところにある借家だという。

「矢島さまは、借家に行ったのか」

百蔵は、首をひねって腑《ふ》に落ちないような顔をした。

「矢島さまが、住んでるわけじゃァねえ。なんでも、知り合いのお侍が住んでいてな、何か相談があっていったようだ。……それに、熊井町の借家は大松屋の持ち家でな、それで、おれが頼まれて舟を出したのよ」

竹造は舟から下りてきた。

「大松屋の持ち家か。……佐賀町にも、大松屋の持ち家があると聞いたぞ」

そのとき、百蔵は、八木沢たちが佐賀町の借家を隠れ家にしていたことを思い出して訊いたのだ。

「佐賀町にもあるよ」

竹造は石段の方へ歩いていく。

百蔵は竹造の後を追って、熊井町の借家はどの辺りにあるのか訊こうとしたが、思いとどまった。これ以上訊くと、作り話がばれそうだ。

百蔵は竹造の後から石段を上がり、通りに出ると、大松屋とは反対方向の川上にむかって歩きだした。

2

雲十郎と馬場は、山元町の借家の縁先で百蔵と顔を合わせていた。三人は縁先に腰を下ろしている。

「八木沢と横山の隠れ家が知れましたぞ」

百蔵が低い声で言った。

「知れたか！」

馬場が声を大きくして言った、

百蔵が、船頭の竹造から矢島の行き先を訊いた二日後だった。百蔵は、これまでつかんだことを雲十郎たちに知らせに来たのだ。

百蔵は竹造から話を聞いた翌日、深川熊井町をまわり海辺近くにある借家のことを調べて歩いた。

熊井町はそれほどひろくないこともあって、その日のうちに武士の住む借家が知れた。さっそく近所で訊くと、その借家は大松屋の持ち家で、ふたりの武士が住んでいることが判明した。

その日、暗くなってから百蔵は借家に忍び寄り、戸袋の陰に身を隠して家のなかの会話を盗聴《とうちょう》した。その結果、八木沢と横山が、住んでいることが知れたのである。

「どうしますかな。……ふたりを泳がせておいて、西尾と鬼仙斎の隠れ家をつかむ手もありますが」

百蔵が雲十郎と馬場に目をやって訊いた。

「すぐに、ふたりを討とう。……いつ、ご家老や先島さまが、襲われるか分からないからな。それに、矢島や尾川の動きに目を配っていれば、鬼仙斎たちの隠れ家もつかめるはずだ」

雲十郎が言うと、

「それがいい。日を置けば、佐賀町の二の舞いになるかもしれんぞ」

馬場が目をひからせて言った。

「承知」

百蔵が応えた。

「百蔵どの、熊井町の隠れ家はどこにある?」

雲十郎が訊いた。

「わしらが、案内《あない》しましょう。それで、いつ、仕掛けます」

「早い方がいい。明日の夕刻——」

雲十郎は、明朝、大杉や浅野に知らせれば、夕方には熊井町の隠れ家を奇襲《きしゅう》できると踏んだ。

「では、明日の七ツ半（午後五時）ごろ、ゆいどのに永代《えいたい》橋のたもとで待ってってもらい、隠れ家まで案内してもらいます」

百蔵によると、借家は三軒並んでいて、大川寄りの家が八木沢たちの隠れ家だという。

「ゆいどのの傷は？」

雲十郎が訊いた。

ゆいが、左腕を斬られて七日経っていた。まだ、完治したとは思えなかった。

「だいぶ癒《い》え、動きまわるのに支障はないはずです」

百蔵は、手当てがよろしかったのでしょうな、と小声で言って、口許に笑みを浮かべたが、すぐに表情を消した。

「では、これで——」

それだけ話すと、百蔵は立ち上がり、その場から足早に去っていった。

翌朝、雲十郎と馬場は朝餉を終えると、すぐに愛宕下の藩邸にむかった。まず、ふたりは徒士頭の大杉に会い、ことの次第《しだい》を伝えた。

「よし、分かった。すぐに、手を打とう」

大杉はそう言い置き、先島の小屋にむかった。大目付の先島と討っ手をどうするか、相談するのである。

その日の昼前に、深川熊井町に向かう討っ手の顔ぶれが決まった。雲十郎、馬場、大杉、浅野、それに徒士と目付のなかから腕のたつ者が、八人集められた。総勢十二人ということになる。相手は遣い手だが、八木沢と横山だけなので、十分な人数である。また、討っ手の指揮は、大杉がとることになった。

その日の午後、湯漬けで腹ごしらえをしてから、雲十郎たちは、ひとりふたりとばらばらになって藩邸から出た。松村や配下の尾川たちに気付かれないように、藩邸を出たのである。

雲十郎たち十二人は、日本橋側の永代橋のたもとで顔を合わせた。

陽は日本橋の家並の向こうに沈みかけていたが、まだ日中の明るさが残っていた。夕陽が大川の川面を淡い茜色に染めている。

猪牙舟、屋根船、箱船などが、夕陽のなかをゆっくりと行き来していた。そろそろ七ツ半（午後五時）になるだろう。

「行くぞ」

大杉が雲十郎たちに声をかけ、永代橋を渡り始めた。

雲十郎は橋を渡り終えて、たもとに出ると周囲に目をやった。ゆいの姿を探したのである。

……ゆいどのだ！

川岸近くに、門付姿のゆいがいた。

ゆいは雲十郎たちに気付くと、小走りに近付いてきたが、二十間ほど離れた場所で足をとめた。そして、雲十郎にちいさく頭を下げると、そのまま川沿いの道を川下にむかって歩きだした。雲十郎たちを、八木沢たちの隠れ家に案内するつもりらしい。

雲十郎と馬場は気付いたが、橋のたもとは大勢のひとが行き来していることもあって、他の藩士たちは気付かなかったようだ。梟組のゆいは、たとえ味方であっても藩士たちに顔や姿を見せたくないのだろう。

「こっちです」

雲十郎が先にたった。

永代橋のたもとから相川町《あいかわ》を経て熊井町に入ると、急に通行人の姿がすくなくなった。川沿いにつづく町家もまばらになり、空き地や松林などが目立つようになった。通りの右手には、大川の河口とそれにつづく江戸湊の海原がひろがり、夕陽を映じて茜色に染まっていた。その海原を白い帆を張った大型廻船が、ゆっくりと通り過ぎていく。波間には、猪牙舟や茶船などが木の葉のようにちいさく見えた。

ゆいは、雲十郎から半町ほど先を歩いている。これだけ離れれば、他の藩士に気付かれることはないだろう。

熊井町に入ってしばらく歩くと、右手に松林のつづく地にさしかかった。林の先には、夕陽に染まった江戸湊の海原がひろがっている。その松林の手前に、仕舞屋《しもたや》が三軒並んでいた。どれも、借家らしい家である。

ゆいは、路傍に足をとめ、右手の仕舞屋を指差すと、頭を下げるような素振りを見せた後、すこし足を速めた。ゆいは、足早に雲十郎たちから離れていく。案内は、ここまでということらしい。

……あれだな。

雲十郎が胸の内でつぶやいた。その三軒のうちの手前の家が、八木沢たちの隠れ家らしい。

雲十郎は隠れ家のことを大杉に話し、

「お頭、それがしが、様子をみてきます」

と言い残して、すぐに仕舞屋の方に足をむけた。

大杉たちは、道沿いの樹陰や笹藪の陰などに分散して身を隠した。八木沢たちの目にとまらないように気を使ったらしい。

通りから仕舞屋までの間は、雑草におおわれた空き地になっていた。その空き地のなかに小径《こみち》がある。

雲十郎が小径をたどって手前の仕舞屋に近付いたとき、家の脇の灌木《かんぼく》の陰に人影が見えた。百蔵である。そこから、八木沢たちの隠れ家を見張っていたようだ。

百蔵は、雲十郎を見て手招きした。

すぐに、雲十郎は足音を忍ばせて灌木の陰に近付いた。

「八木沢と横山はいるのか」

雲十郎が訊いた。ゆいに訊くことができず、気になっていたのである。

そのとき、家のなかで障子をあけしめするような音がした。だれかいるようだ。

「おります、ふたりとも」

百蔵が声をひそめて言った。

八木沢と横山が、いるらしい。

「それで、他の二軒の住人は?」

雲十郎が訊いた。家が近いので、場合によっては八木沢たちが隣家に逃げ込むかもしれない。

「隣は空き家だが、その先の家には船頭らしい男の家族が住んでいます」

百蔵によると、いまもその家に夫婦と幼い子がひとりいるという。

「そこまでは、逃がさない」

隣家との間に、何人か配置してもらおう、と雲十郎は思った。

「裏手にも、出入り口がありますぞ」

百蔵が言った。

「分かった」

裏手をかためる人数もいる。

「わしは、ここまでということで……」

そう言い残し、百蔵は屈《かが》んだまま後ずさりし、草藪の陰にまわると背を低くしたまま通りの方へ移動した。

3

陽は、大川の先にひろがる日本橋の家並の向こうに沈んでいた。西の空は残照に染まっている。まだ、上空は明るかったが、家の軒下や草藪の陰などには淡い夕闇が忍び寄っていた。

「支度をしろ」

大杉が討っ手たちに声をかけた。

雲十郎をはじめ、討っ手たちはすぐに支度を始めた。用意した細紐《ほそひも》で襷をかけ、袴の股立をとった。

大杉は討っ手たちが支度を終えたのを見ると、

「浅野は、隣家との間を頼む」

と、浅野に言った。

これから八木沢と横山のいる仕舞屋に踏み込むのだが、その前に大杉が討っ手の持ち場を決めるのである。

「承知しました」

浅野は顔をひきしめて言った。浅野と同行した目付ふたりが、隠れ家と隣家との間をかためることになる。

「馬場は、ふたり連れて裏手へまわれ」

「心得ました」

馬場が言った。

「後は、家の戸口から踏み込む」

表の戸口から入って、八木沢と横山を捕らえるのは雲十郎と大杉、それに残った四人、都合六人になる。もっとも、八木沢と横山が縄を受けるはずはないので、斬殺することになるかもしれない。

「いくぞ！」

大杉が藩士たちに声をかけた。

十二人の藩士は身を屈め、足音を忍ばせて仕舞屋に近付いた。戸口近くまで来ると、大杉が声をひそませて、浅野と馬場にそれぞれの持ち場に行くように指示した。

すぐに、浅野が目付ふたりを連れて、手前の家と次の家との間にむかった。つづいて、馬場もふたりを連れ、手前の家の脇を通って裏手にむかった。

「おれたちは表からだ」

大杉と雲十郎が先にたち、四人の藩士がつづいた。

雲十郎たち六人は、足音を忍ばせて戸口の前に集まった。かすかに家のなかで、男のくぐもった声が聞こえた。八木沢と横山が何か話しているらしい。まだ、八木沢たちは雲十郎たちに気付いていないようだ。

「あけるぞ」

雲十郎が小声で言い、戸口の引き戸に手をかけて引いた。

立て付けが悪いらしく、ゴトゴトと重い音をひびかせて引き戸があいた。戸口の敷《しき》居《い》につづいて、せまい土間があった。その先は、障子のたててない六畳ほどの座敷になっている。

座敷に、人影はなかった。がらんとした座敷で、家具も置いてなかった。暮らしの匂《にお》いもない。八木沢たちが、空き家になっていた家に越してきて間がないせいだろう。

その座敷の奥に、障子がたててあった。障子のむこうに、ひとのいる気配がした。八木沢と横山であろう。物音も話し声も聞こえないが、ふたりは息をつめて戸口の様子をうかがっているようだ。

「八木沢稲助、横山仙之助、姿を見せろ！」

大杉が声を上げた。

すると、障子のむこうでひとの立ち上がる気配がし、カラリと障子があいた。顔を出したのは、横山だった。その背後に、八木沢の姿があった。ふたりは小袖に角帯姿で、大刀を左手に持っている。そばに置いてあった刀を手にして立ち上がったらしい。

横山と八木沢は、顔をこわばらせて土間に立っている大杉や雲十郎たちを睨むように見すえた。

「おとなしく、われらの縄を受けろ！」

さらに、大杉が声を上げた。

「うぬらの、縄など受けるか！」

八木沢が声を震わせて叫び、荒々しく障子をあけはなった。興奮して、気が動転しているらしい。

「ならば、斬るしかないぞ」

大杉が、左右にいる雲十郎や藩士たちに目をやった。

「われらを斬っても、始末はつかぬぞ」

横山が声を荒らげて言った。

「踏み込め！」

呼びざま、大杉が右手を振った。

雲十郎と藩士たちが、座敷に踏み込もうとすると、

「八木沢どの、裏手へ！」

と、横山が声を上げた。

「わ、分かった」

八木沢が踵を返した。裏手から逃げるつもりらしい。

「逃がさぬ！」

雲十郎は座敷に踏み込むと、左手で刀の鯉口を切り、右手で柄を握った。居合の抜刀体勢をとったのである。

次々に藩士たちが抜刀し、抜き身を引っ提げて座敷に踏み込んだ。

八木沢につづいて、横山が右手に走った。右手に、廊下がある。裏手へつづいているらしい。

雲十郎は、すばやい動きで右手の廊下へ踏み込んだ。

廊下は奥につづいていた。突き当たりが、台所になっている。竈《へっつい》や流し場などが薄闇のなかにぼんやりと見えた。

八木沢が、台所の土間に飛び下りた。そして、背戸に近付こうとしたとき、ふいに足がとまり、硬直したようにその場につっ立った。

「う、裏にもいる！」

八木沢が、ひき攣ったような声で言った。

裏手にまわった馬場たちが、背戸の前をかためているらしい。

横山は土間に下りなかった。踵を返し、迫っていく雲十郎たちに体をむけた。裏手からは逃げられないとみて、廊下で闘う気になったようだ。

「横山、観念しろ！」

雲十郎は、居合の抜刀体勢をとったまま摺り足で横山に迫った。

「おのれ、鬼塚！」

横山は、青眼に構えて切っ先を雲十郎にむけた。

4

横山は廊下のなかほどに立っていた。夕闇が面長で頬に刀傷のある顔をつつみ、蛇《へび》のような細い目が、うすくひかっている。

雲十郎は、横山から三間ほどの間合をとって対峙した。居合の抜刀体勢をとったが、いつもよりすこし腰を高くした。廊下は狭く、低い居合腰から横一文字に抜きつけることができないからだ。

廊下に踏み込んできた藩士たちは、雲十郎の背後にいた。狭い廊下のため、横山の脇や背後にまわり込むことができない。

横山は青眼に構え、切っ先を雲十郎の喉元につけていた。すこし、剣尖が低い。横山は狭い廊下で縦横に刀をふるうことはできないとみて、突きか籠手《こて》を狙っているようだ。

横山の切っ先が、小刻みに上下していた。真剣勝負の気の昂りで、肩に力が入っているらしい。

「いくぞ！」

雲十郎が先にしかけた。足裏を摺るようにして、ジリジリと間合をせばめていく。と、横山は後じさり始めた。雲十郎の居合を恐れたのかもしれない。

かまわず、雲十郎は間合をつめていく。

ふいに、横山の足がとまった。踵が廊下の端に迫っていたのだ。背後は、土間になっている。

雲十郎が、居合の抜刀の間合に迫った。鋭い剣気がはなたれ、雲十郎の全身に抜刀の気配が高まっている。

そのとき、背後の土間で、「八木沢、逃がさんぞ!」と馬場の叫び声がひびいた。背戸から、馬場たちが入ってきたらしい。

その叫び声で、横山の腰が浮き、視線が脇に流れた。

この一瞬の隙を、雲十郎がとらえた。

イヤアッ!

鋭い気合を発し、一歩踏み込みざま抜きつけた。

抜き上げて、真っ向へ——。

迅い!

横山の頭上へ、閃光が弧を描いてはしった。

雲十郎は、切っ先が廊下の脇の障子と板壁に触れないように、上段に抜き上げて斬り下ろしたのである。

咄嗟に、横山は背後に身を倒すようにして、雲十郎の斬撃をかわそうとした。だが、間に合わなかった。

切っ先が、横山の額から鼻筋にかけて縦に斬り裂いた。

グワッ、という呻き声を上げて、横山は後ろに身を引いた。その拍子に、廊下の端から足を踏みはずし、土間へ落ちた。

土間へ尻餅《しりもち》をついた横山は、すぐに立ち上がれなかった。額が縦に割れて血が噴いた。見る間に横山の顔が熟柿のように染まっていく。

ただ、横山の額の傷は致命傷《ちめいしょう》になるほどの深いものではなかった。咄嗟に身を引いたため、雲十郎の一颯《いっさつ》は、すこし浅く入ったのだ。

ヒイッ、という喉を裂くような悲鳴を上げ、横山は慌てて立ち上がろうとしたが、すぐに立てず、四つん這《ば》いになった。

雲十郎は土間に下り、刀を八相にふりかぶった。

横山は、悲鳴を上げながら這って雲十郎の脇から逃げようとした。

「横山、これまでだ。……冥府へ送ってくれよう」

雲十郎は、横山の首をねらって刀身を一閃させた。山田流の斬首の剣である。

にぶい骨音がし、横山の首が前に垂れた。

次の瞬間、横山の首根から血が赤い帯のようにはしった。首の血管から勢いよく噴出した血は、まさにはしったように見えた。

四つん這いになっていた横山は、そのまま前にくずれるように俯《うつぶ》せになった。首根から噴出した血が、音をたてて土間をたたいた。横山の首は土間に転がり、顔が横をむいてとまった。

赤い血が、横山の顔をつつむようにひろがっていく。横山の細い目が、血海のなかで青白くひかっている。

首根から噴出していた血はすぐに勢いを失い、赤い筋を引いて流れ落ちるだけになった。心ノ臓がとまったのかもしれない。

雲十郎は土間に立ったまま刀に血振《ちぶ》り（刀身を振って血を切る）をくれると、ゆっくりと納刀した。

雲十郎の白皙が朱を刷いたように染まり、双眸には燃えるようなひかりが宿っていた。雲十郎も首を落としたことで、気が昂っているのである。

そのとき、土間で八木沢の絶叫がひびき、体が何かにつき当たるような音が聞こえた。

雲十郎が目をやると、八木沢が土間に尻餅をついていた。釜《かま》の蓋《ふた》が土間に転がっている。八木沢がよろめいて竈に突き当たったらしい。

「八木沢を押さえろ！」

馬場が声を上げた。

土間にいたふたりの藩士が、すぐに八木沢の両肩を押さえた。八木沢は逃げようとしなかった。激しく身を顫わせている。

雲十郎は納刀してから、土間に下りた。

「鬼塚、八木沢を取り押さえたぞ！」

馬場が目を剝いて言った。

ふたりの藩士は、八木沢の両手を後ろにとって縄をかけていた。

八木沢は肩から胸にかけて、着物が裂け、血に染まっていた。馬場の袈裟斬りをあびたようだが、致命傷になるような深い傷ではないらしい。

八木沢の顔は紙のように蒼ざめ、目がつり上がっていた。体を顫わせながら、肩で息している。

「八木沢、立て！」

馬場が声をかけた。

雲十郎と馬場たちは、八木沢を表に連れていった。戸口のそばに、大杉と藩士たちが数人集まっていた。浅野の姿はなかった。まだ、隣家との間をかためているらしい。

「八木沢を捕らえたか」

大杉が八木沢の顔を見て言った。

すでに、雲十郎が横山を斃《たお》したことは知っているらしい。

「こやつ、どうします」

馬場が訊いた。

すでに、辺りは淡い夜陰につつまれ、上空には星がまたたいていた。この騒動に気付いたのか気付かないのか、隣家を狭んだ先の家はひっそりしていた。かかわり合いになるのを恐れて、家に籠っているのかもしれない。

「藩邸に連れていく。……八木沢からは、訊きたいことがあるのでな」

大杉が、夜陰のなかに目をひからせて言った。

そんなやり取りをしているところに、浅野がふたりの藩士とともにもどってきた。

浅野は、雲十郎と馬場たちが八木沢を捕らえ、横山を討ったことを知るとほっとした表情を浮かべた。

「愛宕下へもどるぞ」

大杉が、集まった男たちに声をかけた。

5

八木沢を捕らえた三日後、浅野が目付の富川を連れて、雲十郎と馬場の住む山元町の借家に姿を見せた。浅野は冴《さ》えない顔をしていた。藩の上屋敷で、何かあったのかもしれない。

雲十郎は座敷で浅野と対座すると、

「浅野どの、何かあったのか」

と、訊いた。

「八木沢が自害した」

浅野が力のない声で言った。

「自害だと！」

馬場が、驚いたような顔をして聞き返した。

深川熊井町の借家で八木沢を捕らえた後、大杉や浅野たちが八木沢を上屋敷に連れていき、藩士たちの住む長屋のどこかに拘束しておいて、浅野たち目付筋の者が吟味することになっていた。

「刀で、首を掻《か》き切ったのだ」

浅野の話によると、昨日の夜、吟味を終えた後、八木沢を後ろ手に縛って長屋の一室に閉じ込めておいたという。

ところが、八木沢は夜中に部屋から抜け出し、隣の部屋で寝ていた目付の刀を奪い、その場で首を斬って自刃したそうだ。

「縛った縄が緩んでいたのに、気付かなかったようだ」

浅野が眉を寄せて言った。八木沢を死なせたのは、己の落ち度と思っているのかもしれない。

「浅野どの、八木沢が自害しなかったとしても、長い命ではなかったはずだ。肩からの出血が激しく、だいぶ弱っていたからな」

雲十郎が慰《なぐさ》めるように言った。

「まァ、起きてしまったことはしかたがない。……ただ、二日間の吟味でだいぶ様子が知れたのでな、ふたりにも話しておこうと思って来たのだ。それに、ふたりにはあらためて手を貸してもらいたいこともある」

浅野がそう前置きし、八木沢の吟味で分かったことを話しだした。

まず、浅野たちは、国許で勘定奉行の横瀬を斬ったのは何のためか、八木沢に質《ただ》したという。

　八木沢はなかなか口をひらかなかったが、知っていることを話せば、目付の探索に手を貸したことにし、八木沢家に累《るい》が及《およ》ばないようにすると話すと、しゃべるようになったそうだ。

「やはり、八木沢たち三人に横瀬さまの暗殺を指示したのは、佐久間のようだ。……佐久間は八木沢たちに、横瀬はあらぬことを捏造《ねつぞう》し、次席家老の広瀬を陥《おとしい》れようとしている、すぐにも横瀬を始末しないと、われらにも累が及ぶ、と話し、暗殺にくわわるよう命じたそうだ」

　浅野は、広瀬を呼び捨てにした。広瀬を、此度《こたび》の件の黒幕のひとりとみているからだろう。

　浅野が八木沢から聞いたことによると、佐久間は次席家老の広瀬と強いつながりがあり、先手組の組子だった佐久間が小頭に栄進できたのは、広瀬の推挙があったからだという。

　また、八木沢は国許における城代家老の粟島と広瀬の対立についても話したそうだ。

　粟島は逼迫《ひっぱく》してきた藩の財政をたてなおすため、藩専売の特産品である材木、木炭、漆などの生産を増やすために植林、山間部の開墾《かいこん》、林道の整備などの政策をとろうとしたが、広瀬は反対した。

広瀬は、開墾や林道の整備などには多くの出費が必要で、かえって財政を逼迫させるといい、材木、木炭、漆などを新たに年貢《ねんぐ》としてとりたてれば、黙っていても藩の財政は潤《うるお》うと主張した。

この広瀬の言い分に、粟島はこれ以上、百姓《ひやくしよう》や樵《きこり》などから年貢をとりたてれば、暮らしはたちゆかなくなり、潰れ百姓や逃散《ちようさん》を生むだけで、藩の財政はさらに逼迫するといって反対した。

そうした粟島と広瀬の対立は他の重臣のなかにもひろがり、国許の重臣たちは粟島派と広瀬派に分かれているという。

ただ、そうした対立も藩を二分するようなものではなく、中立的な立場の重臣も多くいて、表向きは平穏《へいおん》だという。そのため、国許の家臣のなかにも、そうした対立を知らない者もかなりいるそうだ。

「江戸のご家老の小松さまや先島さまたちは知っておられるようだが、江戸にいる多くの藩士は知らなかっただろうな」

浅野が言った。

……馬場が口にしていたのは、このことか。

と、雲十郎は思った。

佐久間の切腹の介錯のことで、藩邸に出向いたとき、馬場が国許では粟島派と広瀬派に分かれて対立しているらしいと話していたのだ。

「すると、佐久間に勘定奉行の横瀬さまを暗殺するように陰で指示したのは、広瀬ということになりそうだ」

雲十郎も、広瀬を呼び捨てにした。

佐久間は広瀬派の急先鋒で、横瀬は粟島派のひとりである。

「そうみていいな」

「なにゆえ、広瀬は佐久間に横瀬さまを暗殺するよう指示したのだろう」

雲十郎は、まだ腑に落ちなかった。横瀬が対立する派閥《はばつ》のひとりとはいえ、よほどのことがなければ、暗殺などしないだろう。

「そのことだが、広瀬が佐久間にどう話したのか、八木沢もくわしいことを知らなかったようだ。佐久間は八木沢たちに、横瀬さまが、蔵元の大松屋と広瀬との間に不正な金のやり取りがあったようにでっち上げようとしている、とだけ話したそうだ。ただ、佐久間が、国許の勘定奉行の横瀬さまを暗殺したのは、広瀬の後ろ盾で栄進できたこともあるだろうが、広瀬の主張に共鳴したことが強いのではないか」

浅野が言った。

「大松屋がかかわっているのか!」

馬場が、急に声を上げた。

「そうだ。……此度の件には、大松屋がかかわっているとみていい。大松屋は、出奔した佐久間たちに借家を提供しているし、八木沢たちが身を隠していた借家も、大松屋の持ち家だからな」

浅野が顔をけわしくして言った。

「隠れ家だけではないぞ。矢島が隠れ家に行き来するのに、大松屋の舟を使っていたのだ」

雲十郎が、言い添えた。

「やはり、此度の件には大松屋がからんでいるのか」

「大松屋と広瀬が、つながっているようだ」

雲十郎が言うと、馬場もうなずいた。

「それでな、これから大松屋に行って事情を訊いてみようと思うのだが、どうだ、鬼塚たちもいっしょに行くか」

浅野が、雲十郎と馬場に目をむけて訊いた。

どうやら、浅野は雲十郎たちを大松屋に同行したい気もあって、ここに立ち寄ったらしい。

「お供させていただく」

馬場が身を乗り出すようにして言った。

「鬼塚は、どうだ」

「おれも、行こう」

雲十郎が言った。

雲十郎たち四人は、山元町の借家を出た。内濠沿いの通りを経て東海道に出ると、日本橋に足をむけた。

日本橋を渡って日本橋川沿いの道を東にむかって歩き、小網町に入った。しばらく大川方面に歩けば、行徳河岸に出られる。

「あれが、大松屋だ」

浅野が、通り沿いにある土蔵造りの大店を指差した。

廻船問屋の大店らしく、船荷をしまう倉庫もあった。奉公人らしい男や商家の旦那ふうの男が頻繁に出入りしている。

雲十郎と馬場は、浅野と富川の後についた。店の者とのやり取りは、目付筋のふたりにまかせようと思ったのである。

店先の暖簾をくぐると、ひろい土間があり、脇に船荷らしい叺《かます》が積んであった。運ばれてきたばかりらしく、手代と船頭らしい男が三人、積み上げられた叺のそばで何やら話していた。

土間の先はひろい板敷きの間になっていて、左手に帳場格子があった。年配の番頭らしい男が、帳場机を前にして帳簿を繰っていた。男の後ろには、びっしりと帳簿類がかかっている。

6

番頭らしい男は、店に入ってきた浅野たち四人に気付くと、慌てた様子で立ち上がり、揉み手をしながら近付いてきた。

男は上がり框《かまち》近くに腰を折り、

「どなたさまで、ございましょうか」

と、愛想笑いを浮かべて訊いた。

「われらは、畠沢藩の者だ」

そう言って、浅野が身分と名を口にすると、脇にいた富川も名乗った。

雲十郎と馬場は黙っていた。浅野たちと同じ目付筋の者と思わせておけば、いいのである。

「てまえは番頭の登兵衛《とうべえ》でございますが、どのようなご用件でございましょうか」

登兵衛が浅野に訊いた。顔に戸惑うような色があった。突然、畠沢藩の目付筋の者が、店に来たからであろう。

「あるじの繁右衛門《しげえもん》はいるかな。ちと、訊きたいことがあってな」

浅野が言った。

「おりますが……。ともかく、お上がりになってくださいまし。すぐに、あるじに知らせてまいりますので」

登兵衛はそう言うと、浅野たち四人を板敷きの間に上げ、帳場の脇を通ってこざっぱりした座敷に案内した。そこは帳場に近く、上客との商談のための座敷らしかった。

浅野たち四人が座敷に腰を下ろすと、

「すぐに、あるじを呼んでまいります」

登兵衛は言い残し、慌てた様子で座敷から出ていった。

いっとき待つと、廊下を歩く足音がし、障子があいて登兵衛といっしょに大柄な男が姿を見せた。唐桟《とうざん》の羽織に細縞《ほそじま》の小袖、渋い葡萄茶《えびちゃ》の角帯をしめていた。大店の旦那らしい身装《みなり》である。あるじの、繁右衛門であろう。

大柄な男は赤ら顔で目が細く、ふっくらした頬をしていた。恵比須《えびす》を思わせるような福相の主である。

番頭の登兵衛は大柄の男が座敷に入り、浅野たちと対座するのを見ると、

「てまえは、店にもどります」

と小声で言って、座敷から出ていった。

大柄な男は、あるじの繁右衛門と名乗った上で、

「阿波守さまのご家中の方には、いつもお世話になっております」

と、慇懃《いんぎん》な口調で言い添えた。阿波守は、畠沢藩主、倉林阿波守忠盛のことである。

浅野たち四人もあらためて名乗ってから、

「あるじに訊きたいことがあってな」

と、浅野が切り出した。

「どのようなことでございましょうか」

「八木沢、横山、西尾――。この三人を、知っているな」

浅野は、いきなり三人の名を出した。

「はい、存じております」

繁右衛門は、すぐに答えた。動揺した様子は、まったくなかった。八木沢たちのことを訊かれると思っていたのかもしれない。

「その三人を、大松屋の借家に住まわせていたな」

浅野が繁右衛門を見すえて訊いた。

「はい、お貸ししておりました。……ご家中で何かございましたか。佐久間さまというお方が、ご家中の揉め事にかかわられて、屋敷内で切腹なさったとか」

繁右衛門が眉を寄せて言った。

佐久間のことを持ち出したのは、浅野の矛先《ほこさき》をそらそうとしたのかもしれない。

「佐久間の切腹のことはともかく、出奔した三人に隠れ家を提供したのは、どういうわけだ」

さらに、浅野が訊いた。

「八木沢さまたちは、出奔されていたのですか」

繁右衛門が、驚いたように目を剝いて訊いた。

「知らなかったのか」

「存じませんでした。……松村さまから、ちかごろ江戸詰めになった方たちとお聞きしました」

繁右衛門が言った。

「松村さまが、そう言ったのか」

「はい、松村さまに、藩のお屋敷に入れきれないので、三人の住む借家を探していると言われました。それで、てまえどものあいている借家に住んでいただいたのです」

「うむ……」

繁右衛門の言い分に、不審な点はなかった。それに、松村から言われたことまで口にしている。

「ところで、貸したのは、佐賀町と熊井町の借家だけか」

浅野があらためて訊いた。

「はい」

すぐに、繁右衛門が答えた。

隠していることはなさそうだが——。まだ、何とも言えない。

浅野が訊きあぐねて口をつぐみ、座敷が沈黙につつまれたとき、

「それは、おかしい」

と、雲十郎が口をはさんだ。

「熊井町の借家は、八木沢たち三人が佐賀町の借家を出た後、急いで移ったものだ。……大松屋には、どう話があったのだ」

「そ、それは……。佐賀町の家は三人で住むのは狭いから、他にないかと言われましたので、熊井町の家をお貸ししたわけです」

繁右衛門が、声をつまらせて言った。

「それも、おかしいな。佐賀町の借家からは、三人とも出たのだぞ。しかし、熊井町に移ったのは、ふたりだけだ」

雲十郎が訊いた。

「こまかいことは、分かりかねます。てまえは、借家のことなどあまり気にかけておりませんもので……。初めから、何人で住まわれるのかも存じませんでした」

「いまでも、居所の知れぬ者がふたりいる。……大松屋には、佐賀町と熊井町の他にも持ち家があって、ふたりを住まわせているのではあるまいな」

雲十郎が、語気を強めて訊いた。まだ、西尾と鬼仙斎の居所がつかめていないの

だ。

「そのようなことはございません。てまえどもの借家は、佐賀町と熊井町だけでございます」

繁右衛門が、慌てて言った。

「……」

雲十郎は、繁右衛門が嘘《うそ》を言っているようには思えなかった。嘘を言っても、店の奉公人に訊けばすぐ分かることである。

それから、浅野が藩米や材木、漆、木炭などの特産物の取引きのことや国許の広瀬とのかかわりなどを訊いたが、繁右衛門はありきたりのことを答えただけだった。もっとも、不正があればなおのこと正直には答えないだろう。

「また、寄らせてもらうことがあるかもしれんぞ」

浅野が言って、立ち上がった。

廊下に出て浅野たちが帳場の方に歩きかけたとき、番頭の登兵衛が急ぎ足でやってきて、袱紗《ふくさ》包みを浅野に差し出し、

「これは、当店の気持ちでございます」

と言って、手渡そうとした。

膨《ふく》らみ具合から見て、切り餅が四つ包んでありそうだった。切り餅は一分銀を百枚、二十五両を方形に紙で包んだものである。したがって、袱紗包みには百両入っていることになる。

「いや、これは遠慮しておこう」

浅野は断った。

「これは、おかたい。……てまえどもも、ご無理にお渡しすることはいたしません」

繁右衛門が苦笑いを浮かべて言った。

店の外に出た浅野は、日本橋川沿いの道を日本橋の方へ歩きながら、

「繁右衛門も、なかなかの狸《たぬき》だな」

と雲十郎に、小声で言った。

「だが、年寄の松村とのかかわりは口にした」

雲十郎が、松村を呼び捨てにした。

「そうだな。……これで、松村が後ろで糸を引いていたことがはっきりしたな」

浅野が顔をひきしめて言った。

7

風のない清夜だった。月が皓々《こうこう》とかがやいていた。庭で、虫が喧《やかま》しいほど鳴きたてている。

雲十郎は座敷で貧乏徳利の酒を飲んでいたが、名月と虫の音に誘われ、縁側に出てきたのである。

馬場はさっきまでいっしょに座敷で飲んでいたのだが、いつものように眠くなったと言って、寝間で横になっていた。障子の向こうから、馬場の鼾が聞こえてくる。その鼾の音が、くつわ虫などの鳴き声といっしょになると、妙な音色に協和して何やら滑稽《こっけい》な感じがした。

ハタと、虫の音がやんだ。庭の叢を分けて近付いてくるかすかな足音が聞こえた。だれかくる。

……敵か！

一瞬、雲十郎はかたわらに置いてある刀に手を伸ばしたが、すぐにひっこめた。月明りのなかに浮かび上がった姿は、ゆいだった。

ゆいは、雲十郎のそばまで来ると、地面に片膝をついて身を低くした。闇に溶ける装束に身をつつんでいたが、覆面《ふくめん》はしていなかった。月明りのなかに、ゆいの色白の顔が浮き上がったように見えた。

「ゆいどの、久し振りだな」

雲十郎が小声で言った。

「鬼塚さま、ゆいは影の者にございます。ゆいと、呼んでください」

ゆいが、言った。

「ならば、おれを雲十郎と呼んでくれ」

雲十郎は女のゆいに鬼塚さまと呼ばれると、妙によそよそしい気がしたのだ。

「では、雲十郎さまとお呼びします」

「ゆい、怪我《けが》は？」

雲十郎が訊いた。

「雲十郎さまに、手当てしていただいたお蔭で、この通りでございます」

ゆいは、左腕をまわして見せた。

「それはよかった」

ゆいの左腕は自在に動いたし、痛みもないようだった。

「雲十郎さまたちが、大松屋へ行かれたことは承知しております。……何か、知れましたか」

ゆいが、低い抑揚《よくよう》のない声で訊いた。顔もひきしまっている。ゆいは、梟組のひとりにもどったようだ。

「たいしたことは分からなかった」

雲十郎は、繁右衛門とのやり取りをかいつまんで話し、

「あの男、なかなか尻尾を出さぬ」

と、苦笑いを浮かべて言い添えた。

「雲十郎さま、今後どのような手を打たれますか。われら梟組の者が、お手伝いすることがございましょうか」

ゆいが訊いた。

どうやら、ゆいは雲十郎たちと足並みをそろえて今後の探索にあたるために話を聞きにきたようだ。

「手繰《たぐ》る糸は、いくつかある。……松村の配下の尾川と矢島、それに、百蔵どのがよく知っている船頭の竹造だ」

雲十郎は、ゆいと百蔵に竹造を探ってもらいたかった。竹造は、尾川や矢島を八木

沢たちの隠れ家に舟で送っていたようだが、西尾や鬼仙斎の隠れ家も知っているのではないかとみていたのだ。

雲十郎がそのことを口にすると、

「承知しました。……われらで、竹造を探ってみましょう」

ゆいが、すぐに言った。

「百蔵どのもいっしょか」

「はい」

「ところで、梟組だが、江戸にいるのはゆいと百蔵どのだけか」

雲十郎が訊いた。

「いまは、ふたりだけです。何かあれば、さらに増えるかもしれません」

ゆいが、城代家老の粟島の判断によることを言い添えた。やはり、梟組は粟島の指図で動いているようだ。

「ゆいと百蔵どのだが、どのようなかかわりがあるのだ」

雲十郎は、気になっていたことを訊いた。まさか夫婦ということはないだろうが、男と女がふたりだけで、江戸に出てきているのが腑に落ちなかったのだ。

「百蔵どのは、ゆいの伯父《おじ》で、梟組の小頭です」

ゆいによると、梟組には女も半数ちかくいるのではないかという。ただ、梟組に何人ほどいて、どこでどんな任務についているかなど、仲間同士でも話さないのではっきりしたことは分からないそうだ。

「雲十郎さま、何か知れましたらお知らせいたします」

そう言って、ゆいは立ち上がると、踵を返した。

雲十郎は、ゆいの後ろ姿が夜陰のなかに消えると、膝の脇に置いてあった湯飲みに手を伸ばした。

翌朝、雲十郎は馬場とふたりで、愛宕下の藩邸に出向いた。浅野と会って、雲十郎と馬場はどう動いたらいいか相談しようと思ったのである。

雲十郎たちは、藩士たちの住む長屋で浅野と顔を合わせた。浅野は上級家臣の住宅の小屋ではなく、多くの藩士たちと同じ長屋で暮らしていたのである。

浅野は雲十郎たちと現状を話し合った後、

「ともかく、西尾と鬼仙斎の居所をつきとめねばな」

と、顔をけわしくして言った。

「手はある。……尾川と矢島だ」

雲十郎は、竹造のことは口にしなかった。ゆいと百蔵にまかせてあったからである。

「それに、大松屋と松村のかかわりも探るつもりだ」

浅野が言った。

「大松屋と松村の件は、浅野どのたちにおまかせしたい」

大松屋を探るには奉公人たちに話を聞くだけでなく、店の帳簿類にも目を通さねばならない。藩邸にいることの多い年寄の松村も、雲十郎たちには探るのがむずかしかった。それで、雲十郎は、大松屋と松村のかかわりを探るのは、目付筋の浅野たちにまかせようと思ったのである。

「鬼塚たちは、どうする？」

浅野が訊いた。

「おれと馬場とで、矢島を探ってみようと思っている」

雲十郎は藩邸に来る途中、矢島にあたってみようと馬場と相談していたのだ。

矢島は松村の御使番として藩邸から出ることが多いので、機をみて西尾や鬼仙斎と接触するのでないか、と雲十郎はみたのである。

「よし、矢島はふたりにまかせよう」

浅野が、雲十郎と馬場に目をむけて言った。

第五章　隠れ家

1

風のない静かな日だが、薄雲が空をおおっていた。ときおり雲間から薄日の射すこともあったが、何となく鬱陶《うっとう》しい昼下がりである。

百蔵は日本橋川の岸辺の樹陰に腰を下ろし、煙管を手にして莨をくゆらせていた。菅笠をかぶったままだが、背負っていた風呂敷包みは脇の叢《くさむら》に下ろしている。百蔵は旅の薬売りのような恰好をして、大松屋の桟橋に目をやっていた。

日本橋川沿いの通りはいつもと変わらず、様々な身分の人々が行き来している。

百蔵がこの場にきたのは、小半刻（三十分）ほど前だった。それまで、半刻（一時間）ほどゆいが見張り、交替《こうたい》したのである。

百蔵とゆいは、半刻ほどで交替して見張ることにしていた。しかも、見張る場所も変えている。樹陰や陸揚げした船荷の陰などに身を隠して見張っても、人通りの多い場所なのでどうしても人目につく。それで、ふたりで交替し、さらに場所も変えていたのだ。

ふたりが、大松屋の桟橋を見張るようになって三日目だった。船頭の竹造は何度も桟橋にあらわれ、舟を出したり船荷の陸揚げを手伝ったりしていたが、他の船頭といっしょで不審な動きはなかった。

百蔵は、煙管の雁首を足元に転がっていた棒切れでたたき、吸い殻を落とした。そして、煙管を莨入れにしまったときだった。

大松屋の方から竹造が歩いてきた。何が入っているのか大きな風呂敷包みを手に提げている。竹造の脇に、網代笠をかぶった武士がいた。黒羽織に裁着袴で、二刀を帯びている。

……西尾かもしれん！

と、百蔵は思った。武士は中背で、ずんぐりした体軀だった。巨漢の鬼仙斎でないことは確かである。

竹造が武士に顔をむけて何やら話しかけていた。武士は答えたようだが、何を口にしたか百蔵には聞き取れなかった。ふたりは、桟橋の方に歩いていく。

百蔵は、脇に置いてある風呂敷包みを背負った。ふたりが舟に乗って出れば、行き先をつきとめるつもりだった。

竹造と武士は、桟橋につづく石段を下り始めた。

百蔵は立ち上がった。すぐに通りに出て、ふたりの後ろ姿に目をやった。

ふたりは桟橋に下りると、舫ってある猪牙舟の方にむかった。

竹造は一艘の舟に近付いて手にしていた風呂敷包みを船底に置くと、船縁をつかんで舟を桟橋に寄せた。武士を舟に乗せるようだ。

……まちがいない。舟で、西尾を送るつもりだ。

そう察知した百蔵は、川上にむかって走りだした。ぐずぐずしていられなかった。竹造たちの乗る舟を尾けねばならない。

百蔵は日本橋川の上流にむかって走った。二町ほど先に、ちいさな船寄があり、いつも三、四艘の舟が舫ってあった。そのうちの一艘は繋いだままで、滅多に使われないことを百蔵は知っていた。

百蔵は竹造を舟で尾けるときがあったら、その舟を使おうと思っていた。ゆいも、舟のことは知っている。

百蔵は川の岸際の小径を滑るように下って船寄に出ると、目星をつけておいた舟の舫い綱をはずした。そして、棹を手にして艫に立ち、水押しを川下にむけた。

百蔵は舟の扱いにも長《た》けていた。もっとも、梟組は、女でも舟を扱える者が多かった。いざというときのために、刀、手裏剣、弓などひととおり遣えるように稽古したし、馬の扱いや舟を漕ぐことも、身につけていたのである。

百蔵は舟が流れに乗ると、棹を艪に持ち替えて懸命に漕いだ。

……あれだ！

前方に、竹造の漕ぐ舟が見えた。武士が船底に腰を下ろしている。網代笠をかぶったままである。

百蔵は艪を漕ぐのをやめて、流れにまかせた。竹造の舟に近付き過ぎないようにしたのである。

竹造の漕ぐ舟は、日本橋川から大川に出ると、水押しを対岸の深川にむけた。舟は永代橋に沿うように対岸にむかっていく。

舟は大川を横切って深川の陸《おか》に近付くと、水押しを下流にむけた。舟は深川相川町の家並を左手に見ながら陸沿いを下流にむかって進んでいく。

……行き先は、熊井町の借家か！

百蔵は、左手の家並に目をやった。相川町の先に、熊井町の家並がつづいている。

竹造の舟は、熊井町の家並を左手に見ながら陸沿いを進んでいく。すでに、その辺りは、大川の河口で、水押しの先には江戸湊の海原がひろがっていた。

竹造の舟は大名家の下屋敷の脇の掘割に入ってすぐ、左手の掘割に水押しをむけた。掘割の先には、深川の家並がひろがっている。竹造たちの行き先は、この掘割の周辺かもしれない。

百蔵は棹を使い、水押しを竹造の舟が入った掘割にむけた。掘割の右手は深川中島《なかじま》町で、左手には相川町、諸《もろ》町とつづいている。

いっときすると、掘割の前方に、福島《ふくしま》橋が見えてきた。福島橋の橋上を行き来する人の姿がちいさく見えた。福島橋は、富ケ岡八幡宮《とみがおかはちまんぐう》の門前通りにつづいているので、人通りが多いのだ。

その福島橋の手前で、竹造の舟は右手の岸に水押しをむけた。ちいさな桟橋があり、二艘の舟が杭に繋いであった。

竹造は水押しを桟橋にむけ、二艘の舟の間に割り込むように着けた。

百蔵は舟を岸際に寄せ、竹造の舟に目をむけていた。

舟に乗っていた網代笠をかぶった武士が立ち上がり、舳《へさき》の近くまで行って桟橋へ下りた。竹造は舟を杭に繋いでいる。

百蔵はゆっくりと舟を漕いで、桟橋に近付けた。竹造と武士が、桟橋から離れたら舟をとめて、ふたりの跡を尾けねばならない。

竹造は舟を繋ぎ終えると、風呂敷を抱えて桟橋に下り、武士の先にたって桟橋から掘割沿いの通りにつづく土手の小径を上り始めた。

ふたりの姿が通りに出ると、百蔵は急いで舟を桟橋に着けた。そして、杭に縄をかけてから桟橋に飛び下り、ふたりの後を追った。

……あそこだ！

竹造と武士が、一町ほど先を歩いていた。

百蔵は通行人を装《よそお》ってふたりの跡を尾けた。一町も離れているので、気付かれることはないだろう。

福島橋が前方に近付いてきたとき、竹造と武士は道沿いにあった仕舞屋の前で足をとめた。

百蔵は道際の松の樹陰に身を寄せて、竹造たちに目をむけていた。

竹造が戸口の戸をあけ、ふたりは家に入った。物慣れた様子からみて、他人の家ではないようだ。竹造の家とは思えないので、武士が住んでいることになるが、借家であろうか。

百蔵は仕舞屋に近付いてみようと思い、樹陰から出た。そのとき、竹造が戸口から姿を見せた。

慌てて、百蔵は樹陰にもどった。竹造は百蔵のいる方に歩いてくる。手ぶらだった。風呂敷包みは、武士の入った家に置いてきたらしい。竹造は、風呂敷包みを運ぶために武士の家までついてきたようだ。

百蔵は樹陰に身を隠して、竹造をやり過ごした。竹造は舟のとめてある桟橋の方へ歩いていく。

百蔵は、竹造が桟橋につづく小径を下り始めたのを見てから、樹陰から通りに出た。そして、武士が入った家に足をむけた。

仕舞屋は、三方を板塀でかこってあった。妾宅《しょうたく》を思わせるようなこぢんまりとした家である。家の戸口は通りからすこし入ったところにあり、戸口の脇につつじの植え込みがあった。

百蔵は家の脇の板塀沿いを裏手にむかい、通りから見えない場所まで行って聞き耳をたてた。

家のなかからくぐもった声が聞こえてきた。ふたりで何か話しているらしい。ちいさな声で、話の内容は聞き取れなかったが、男の声であることが分かった。ふたりとも、武家言葉である。

……だれなのか、正体を知りたい。

と、百蔵は思った。

百蔵は忍び足で、さらに裏手へまわった。話し声は裏手から聞こえてきたのである。

ふいに、胴間声が聞こえた。

……大松屋で、何を渡されたのだ。

声の主は、家にいた男らしい。

……羽織と袴だ。松村さまから、大松屋に届けられたのだろう。

別の男が言った。こちらが、竹造の舟で来た武士のようだ。

……おれの体に合うかな。

……鬼仙斎どのの体の大きいことは、松村さまもご存じのはずだ。

男の声に、笑いが含まれていた。

このやり取りを聞いていた百蔵は、ひとりが鬼仙斎と分かった。もうひとりは、西尾とみていいだろう。

百蔵は足音を忍ばせて、その場から離れた。

2

「鬼仙斎と西尾の居所が分かったのか！」

思わず、雲十郎が声を上げた。

山元町の借家の縁先だった。縁側に、雲十郎と馬場がいた。ふたりの前に、百蔵が立っている。

暮れ六ツ（午後六時）過ぎだった。雲十郎と馬場が夕餉を終えて座敷でくつろいでいると、縁先に百蔵があらわれたのだ。

百蔵は雲十郎たちと顔を合わせると、すぐに鬼仙斎と西尾の居所をつかんだことを話した。

「深川、中島町の仕舞屋です」

百蔵が言い添えた。

「熊井町と近いな。……借家か」

雲十郎が訊いた。鬼仙斎や西尾の持ち家のはずはなかった。

「それが、大松屋の持ち家のようですよ」

「大松屋の持ち家だと！　あるじの繁右衛門は、借家は佐賀町と熊井町にしかないと言っていたが、あれは虚言《きよげん》だったのか」

雲十郎が言った。

「それが、借家ではないようです。……繁右衛門が、数年前まで妾《めかけ》をかこっていた家のようですよ」

　百蔵は竹造の舟を尾け、中島町の仕舞屋に鬼仙斎と西尾がひそんでいることをつかんだ後、近所をまわって聞き込んだ。その結果、仕舞屋は大松屋のあるじの繁右衛門が妾を囲っていた家であることが知れたのだ。

　妾は三年ほど前に亡くなり、その後、大松屋の奉公人がときおり掃除などしに来ていたが、空き家になっていた。そこへ、鬼仙斎と西尾が身を隠すようになったらしい。

「繁右衛門め、隠していたな。……たしかに、借家ではないが、大松屋の持ち家ではないか」

　百蔵の話を聞いていた馬場が、いまいましそうに言った。

「いずれにしろ、鬼仙斎と西尾の居所が知れたのだ。しかも、ふたりはおれたちが居所をつかんだことに気付いていないようだ」

　雲十郎が言った。

「いま、ゆいが見張っていますよ」

「ふたりを討とう」

　雲十郎が言うと、馬場も顔をひきしめてうなずいた。

った。

雲十郎と馬場は矢島の身辺を探っていたが、いまは鬼仙斎たちを討つのが先だと思った。

翌朝、雲十郎と馬場は畠沢藩の上屋敷に足を運んだ。そして、雲十郎たちの頭である大杉に、鬼仙斎と西尾の隠れ家が知れたことを伝えた。

「すぐにもふたりを討ちたいが、先島さまに話をとおしてからだな」

大杉は雲十郎と馬場を自分の小屋に残し、すぐに先島に会いにいった。

一刻（二時間）ほどすると、大杉はもどってきて、

「先島さまも、鬼仙斎と西尾を討つことを承知されたよ。……ずいぶん、乗り気でご自分も討っ手にくわわるとおっしゃったが、遠慮してもらった。相手ふたりは腕がたつからな。それに、あまり大袈裟になって、騒ぎが大きくなるとかえって面倒だ」

と、昂った声で言った。大杉も鬼仙斎と西尾を討つことになって、気持ちが高揚しているようだ。

大杉によると、先島と相談し、八木沢たちがひそんでいた熊井町の借家を襲ったときと同じように、討っ手としてひそかに徒士と目付のなかから腕のたつ者を十人ほど集めることにしたという。

「それで、いつ」

雲十郎が訊いた。

「早い方がいい。明日の夕暮れ時は、どうだ」

「承知しました」

雲十郎は、今度は藩邸には来ないで、福島橋のたもとで討っ手がくるのを持っていたい、と大杉に話した。それというのも、明日の午前中に中島町へ出向き、隠れ家を自分の目で見ておきたかったのだ。


その日、雲十郎と馬場が藩邸から山元町の借家にもどると、すでに夕餉の支度はできていた。まだ、暮れ六ツ（午後六時）にはだいぶ間があったが、いつものようにおみねが早めに支度してくれたようだ。

夕餉を終え、おみねが後片付けを済ませて帰ると、

「どうだ、一杯やらんか」

と、馬場が貧乏徳利とふたりの湯飲みを手にして、居間に使っている縁側につづく座敷に入ってきた。

「馬場、明日は、鬼仙斎たちと立ち合うのだぞ」

今夜は酒を控えた方がいい、と雲十郎は思った。罪人の首打ちに出向く前、山田道

場では酒を禁じていた。その代わり、処刑が終わって山田家にもどった後は多少羽目をはずして飲んでも許される。

「分かっている。……一杯だけだ。飲んで寝ると、よく眠れるのだ」

馬場がもっともらしい顔をして言った。

雲十郎は、飲まずとも、すぐ寝るくせに、と思ったが、

「いいだろう、酔うほどには飲まんぞ」

と言って、湯飲みを手にした。

「鬼塚、おまえ、鬼仙斎と闘う気ではないのか」

馬場が貧乏徳利を手にし、雲十郎の湯飲みに酒を注ぎながら訊いた。

「そのつもりだ」

雲十郎は、鬼仙斎の遣う鬼仙流の剣と決着をつけたいと思っていた。雲十郎の胸には、討っ手としてではなく、ひとりの剣客《けんかく》として鬼仙斎と勝負を決したい気持ちがあった。国許で修行した田宮流居合の技と、江戸で身につけた山田流の試刀術が鬼仙斎にどこまで通じるか試してみたかったのである。

山田流試刀術は生きている敵を斬るための剣ではないが、土壇場に立って平常心を保つことは、山田流試刀術の最も大事なことだった。そのために、様々な修行を重ね

ている。

居合も、真剣勝負に臨んで平常心でいられるかどうかは技の冴えを大きく左右するので、心の修行も大事である。雲十郎は山田流試刀術を通して、居合にも通じる心の修行をしていたのだ。

したがって、雲十郎の遣う居合は、田宮流の技と山田流試刀術の心がいっしょになったものといっても過言《かごん》ではない。

「勝てるのか」

馬場が訊いた。

「やってみねば分からん」

本心だった。真剣勝負は、その場の状況や一瞬の心の動きが大きく左右をする。そのため、闘ってみなければ分からないところがある。

馬場は酒の入った湯飲みを手にしたまま難しい顔をして口をとじていたが、

「……様子を見て、おれも加勢するぞ」

と、つぶやくような声で言った。

雲十郎は何も言わなかった。馬場が雲十郎のことを心配していることが、分かったからである。

3

障子のむこうで、かすかな足音がした。だれか、縁側に近付いてくる。常人の足音ではなかった。風のように近付いてくる忍び足である。

「おい、だれか来たぞ」

馬場が、声をひそめて言った。

雲十郎は、ゆいか百蔵ではないかと思った。

足音は障子の向こうでとまった。物音も息の音も聞こえない。

「……雲十郎さまですか」

ふいに、ゆいの声が聞こえた。

「ゆいどのだ！」

そう声を上げて、先に立ち上がったのは馬場だった。酒の入った湯飲みを手にしたままである。

馬場が障子をあけると、縁側の先の夜陰のなかにゆいが立っていた。闇のなかに、ゆいの色白の顔だけが浮き上がったように見えている。

「ゆい、何かあったのか」

すぐに、雲十郎が訊いた。

「中島町の隠れ家に、尾川が来ています」

ゆいが言った。

「尾川は、いまもいるのか」

「はい、雲十郎さまの耳に入れておこうと思い、知らせに来ました」

ゆいによると、今日の午後、隠れ家を見張っていると、尾川が竹造とふたりで姿を見せたという。

竹造はそのまま帰ったが、尾川は暗くなっても家から出ず、そのままとどまったそうだ。

「いま、百蔵どのが隠れ家を見張っています」

「尾川も、いっしょに捕らえればいい」

馬場が言った。

「かえって手間がはぶけるな。……明日の夕方まで、尾川が隠れ家にとどまっていればの話だが」

雲十郎は、明日の夕方までに尾川は藩邸に帰るのではないかと思った。

「隠れ家を襲うのは、明日の夕方ですか」

ゆいが、訊いた。

「そのつもりだ」

雲十郎は、徒士頭の大杉が討っ手の指揮をとり、雲十郎と馬場もくわわり都合十四人で踏み込むことをゆいに話した。

「百蔵どのに、お伝えしておきます」

「おれは、明日の朝、ここを出て深川にむかうつもりでいる」

雲十郎は、踏み込む前に隠れ家の様子を見ておきたい、と言い添えた。胸の内には、鬼仙斎とどこで立ち合うか、場所を決めておきたい気持ちもあった。

「鬼塚、おれもいっしょに行くぞ」

馬場が脇から言った。

「いいだろう」

雲十郎は、馬場といっしょでもかまわなかった。

「明朝、ゆいが、舟でむかえにまいりましょう。ここから、深川は遠いですから」

ゆいが言った。

「舟といっても、この近くに舟の入れるようなところはないぞ」

馬場が、驚いたような顔をして訊いた。

「汐留橋の近くに桟橋があるはずです。そこに、舟をとめておきます」

汐留橋は汐留川にかかっており、東海道をつなぐ芝口橋の近くである。

ゆいは、「では、明朝」と言い残し、踵を返してその場から走り去った。その後ろ姿が、闇に呑まれるように消えていく。

ゆいの後ろ姿が見えなくなると、

「あれで、女か……」

馬場が、目を剝いて言った。


翌朝、明け六ツ（午前六時）の鐘が鳴って間もなく、ゆいが借家に雲十郎たちを迎えにきた。

ゆいは、巡礼のような恰好をしていた。笈《おい》は背負ってなかったが、縞柄の男物のような着物の上に笈摺《おいずり》を着ていた。菅笠をかぶり、手甲脚半に草鞋履きである。

「いろいろ身を変えるのだな」

雲十郎がゆいの姿を目にして言った。

「はい、門付が舟を漕いでいると目立ちますから」

ゆいは、表情も変えずに言った。

雲十郎と馬場は、ゆいの後について愛宕下の方に足をむけた。昨夜ゆいが話したとおり、舟は、汐留橋の近くの桟橋につないであるという。

雲十郎たちは、東海道を横切り汐留橋の近くの桟橋から舟に乗った。艫に立って櫓を漕ぐのは、ゆいである。

ゆいは笈摺を脱《ぬ》ぎ、着物の裾を端折って櫓を漕ぎ始めた。笈摺を脱ぐと、菅笠をかぶっていることもあって、男か女か分からないような恰好になった。ゆいは巧《たく》みに舟を操っている。

「女には、見えないな」

馬場が、櫓を漕ぐゆいの姿を見ながら小声で言った。ゆいに聞こえないように気を使ったらしい。

雲十郎たちの乗る舟は、汐留川を下って江戸湊に出た。そして、浜御殿《はまごてん》の脇を通って大川の河口へむかった。

舟は大川の河口を横切り、深川熊井町を左手に見ながら掘割に入った。前方に福島橋が迫ってきたところで、ゆいが右手の桟橋に舟を寄せた。

「下りてください」

ゆいの声で、雲十郎と馬場は舟から桟橋に下りた。

雲十郎たちは、ゆいが杭に舟を繋ぐのを待ってから掘割沿いの通りに出た。

「この先です」

ゆいが、先導した。

前方に福島橋が迫ってきたとき、ゆいは路傍に身を寄せ、

「あそこに、百蔵どのが」

と言って、右手の空き地の隅に群生している笹藪を指差した。

笹藪の陰に、かすかに人影が見えた。言われて、注視しなければ気付かないだろう。百蔵のようだ。

雲十郎と馬場は、ゆいについて笹藪に近付いた。百蔵は笹藪の陰に身を隠し、前方にある仕舞屋を見張っていたらしい。その家が、鬼仙斎たちの隠れ家のようだ。

4

「鬼仙斎と西尾はいるのか」

すぐに、雲十郎が訊いた。そのことが、気になっていたのである。

「おります、尾川も――」

百蔵によると、尾川はまだ隠れ家から出てこないそうだ。

「夕方までいれば、尾川を捕らえる。……ここで、捕らえれば、尾川も言い逃れできないはずだ」

先島や浅野にとっても、都合がいいだろう。鬼仙斎と西尾の隠れ家にいるところを捕らえれば、尾川が鬼仙斎たちと通じていることの証になる。

雲十郎は、あらためて前方の仕舞屋に目をやった。鬼仙斎との立ち合いの場をどこにするか、決めておこうと思ったのだ。

仕舞屋の前の道は、立ち合いの場には狭過ぎる。それに、通行人がいるかもしれない。家の左右と裏手には板塀があり、家のまわりに闘えるような場所はなかった。

……右手の空き地しかないな。

空き地は雑草でおおわれていたが、笹や足に絡まる蔓草《つるくさ》などはないようだ。ひろさは十分だし、足場としてもそれほど悪くない。

雲十郎は、家から鬼仙斎を空き地に連れ出して立ち合おうと思った。もっとも、鬼仙斎が拒否すれば、出会ったところで闘うことになるだろう。

雲十郎が空き地に目をやっていると、

「竹造がきましたぞ！」

ふいに、百蔵が言った。

見ると、竹造が風呂敷包みを手にして仕舞屋の方にやってくる。

「竹造は、鬼仙斎たちに何かとどけにきたようだ」

百蔵が小声で言った。

竹造は仕舞屋の戸口までくると、引き戸をすこしだけあけて家のなかに首をつっ込んだ。声をかけたのかもしれない。

何か返事があったのだろう。竹造は、さらに引き戸をあけて家のなかに入った。

雲十郎たちのひそんでいる場所は仕舞屋から離れていたので、物音や話し声は聞こえなかった。

それから小半刻（三十分）ほどすると、戸口から人影があらわれた。竹造である。

「尾川がいっしょだ！」

馬場が、目を剝いて言った。

竹造につづいて、尾川が姿を見せた。ふたりは通りに出ると、雲十郎たちのひそんでいる方に歩きだした。

雲十郎たちは笹藪の陰で息をつめ、ふたりの姿を見つめている。

ふたりは、何やら話しながら雲十郎たちのそばを通り過ぎ、桟橋の方へ歩いていく。

「鬼塚、どうする」

馬場が声をひそめて訊いた。

「捕らえよう」

雲十郎は、ここで尾川を捕らえ、乗ってきた舟にでも拘束しておけば、大杉や浅野たちに引き渡せると踏んだ。

「よし！」

馬場が笹藪から飛び出そうとした。

「待て！」

雲十郎が馬場の肩先をつかんでとめた。

「もうすこし離れてからだ。隠れ家にいる鬼仙斎たちに知れたら逃げられるぞ」

「そ、そうだな」

馬場が身を引いた。

雲十郎たちは、竹造と尾川が遠ざかるのを待った。

一町ほど離れたところで、

「行くぞ」

雲十郎が、笹藪の陰から通りに出た。

ゆいを見張りに残し、馬場と百蔵が後につづいた。三人は小走りに竹造と尾川に近付いた。そして、前を行く竹造たちが舟をとめてある桟橋に近付いたところで、雲十郎たちは走りだした。

雲十郎たちが三十間ほどに近付いたとき、竹造が背後を振り返った。走り寄る足音に気付いたようだ。

「だれか、追ってきやすぜ」

竹造が、尾川に言った。雲十郎たちが、だれなのか分からなかったようだ。

「お、おれを襲う気だ！」

尾川が、声をつまらせて言った。

尾川は顔をひき攣らせ、凍《こお》り付いたようにその場につっ立ったが、慌てて逃げようとした。

そのとき、百蔵が石礫を打った。ゆいと同じように石礫を遣うらしい。

ギャッ、という悲鳴を上げ、尾川が身をのけ反らせた。すぐに、尾川は走り出したが、足がもつれ、爪先《つまさき》を何かにひっかけてつんのめるように前に倒れた。

雲十郎は走りながら抜刀し、

「動くな!」

と声をかけ、起き上がろうとしている尾川の首筋に切っ先を突き付けた。

尾川は、四つん這いの恰好のまま動きをとめた。恐怖に顔をひき攣らせて雲十郎を見上げている。

一方、馬場が逃げようとする竹造の前にまわり込み、

「死にたくなかったら、おとなしくしろ」

そう言って、切っ先をむけた。

「へ、へい……」

竹造は立ちすくみ、馬場に目をやって喘鳴《ぜんめい》のような悲鳴を洩らした。身を激しく顫《ふる》わせている。

すると、百蔵が懐から細引《ほそびき》を取り出し、尾川と竹造を後ろ手にとって縛り上げた。縄の掛け方も巧みである。

「猿轡《さるぐつわ》を、かましておきましょう」

百蔵は自分の手ぬぐいと竹造が持っていた風呂敷で、ふたりに猿轡をかました。

「このふたり、どこへ連れていくのだ」

馬場が訊いた。

「鬼仙斎と西尾の始末がつくまで、わしらが預かっておきましょう」

百蔵が、桟橋につないである舟の船底に寝かせ、上に莫蓙をかけておけば、通りから見えないと話した。

「百蔵に頼もう」

雲十郎が言った。

5

福島橋のたもとは賑わっていた。そこは富ケ岡八幡宮の表通りで、参詣《さんけい》客や遊山《ゆさん》客などが行き交っている。

七ツ半（午後五時）ごろだった。雲十郎と馬場は、福島橋のたもとで大杉たちが来るのを待っていた。

「そろそろ来るころだがな」

雲十郎が通りの先に目をやると、行き交う人の間に、大杉の姿が見えた。浅野もいっしょである。さらに、見覚えのある武士が、ふたりいた。さらに、後続の者もいるようだ。

「みえたぞ！」

馬場が声を上げた。

大杉たちの後ろにすこし間を置いてふたり三人と、大杉と浅野の配下の討っ手たちが歩いてくる。

集まったのは、雲十郎と馬場をくわえて十四人だった。大勢である。いかに腕はたとうと、相手は鬼仙斎と西尾のふたりである。取り逃がすことはないだろう。

「隠れ家に、鬼仙斎と西尾はいるのか」

すぐに、大杉が訊いた。

「おります。それに、尾川と大松屋の船頭の竹造を捕らえてあります」

雲十郎が、これまでの経緯をかいつまんで話した。

「それはいい。……尾川と竹造の吟味をすれば、松村と大松屋のかかわりもはっきりするだろう」

浅野が言った。

雲十郎たちは、目立たないようにふたり三人と間をおいて、鬼仙斎と西尾の隠れ家にむかった。

雲十郎が掘割沿いの通りの端に足をとめ、

「あの板塀をまわした家が隠れ家です」

と言って、前方の仕舞屋を指差した。

「あれか……。裏手はどうなっている」

大杉が訊いた。

「塀がまわしてあって、出入りできないようです。ただ、何か踏み台にでもして越えるかもしれません」

それほど高い塀ではないので、逃げられないことはないと雲十郎はみていた。

「手勢は多い。念のため、裏手と脇もかためておこう」

大杉は、その場で浅野に裏手を頼み、そばにいた徒士四人に、家の脇をかためるよう指示した。

「お頭、それがしに、鬼仙斎をまかせていただけませんか」

雲十郎が、大杉に言った。

大杉は何も言わずに雲十郎の顔を見つめていたが、ひとつちいさくうなずくと、

「鬼塚にまかせよう」

と、低い声で言った。雲十郎が、ひとりの剣客として鬼仙斎と勝負したいと思って

いることを察知したようだ。

「まだ、早いな」

大杉が西の空に目をやってつぶやいた。

陽は西の家並の向こうにまわっていたが、まだ上空は明るかった。掘割沿いの通りにもぽつぽつと人影があった。

雲十郎たちは暮れ六ツ（午後六時）の鐘が鳴ってから、隠れ家に踏み込むことにしていたのだ。

雲十郎たちが路傍の樹陰や草藪の陰などに身をひそめていっときすると、暮れ六ツの鐘が鳴り、あちこちで表戸をしめる音が聞こえてきた。まだ、西の空には残照がひろがっていたが、物陰には淡い夕闇が忍び寄っている。

「支度をしろ」

大杉が討っ手たちに指示した。

討っ手たちは、すぐに闘いの支度を始めた。支度といっても、襷で両袖を絞り、袴の股立を取るだけである。

何人か、刀の目釘を確かめる者もいた。雲十郎も、目釘を確かめた。居合は、わずかな刀身のずれや動きも、太刀捌きに影響するのだ。

「いくぞ！」

大杉が声を上げた。

討っ手たちは仕舞屋の近くまで行くと、まず裏手と家の脇をかためる者たちが先にたった。大杉たちがつづき、雲十郎と馬場が後についた。ふたりは、大杉たちと正面から踏み込むことになっていたのだ。

通りはひっそりとして、人影はあまりなかった。ときおり、遅くまで仕事をしたらしい職人や一杯ひっかけた船頭などが、通りかかるだけである。

雲十郎は戸口の近くまで来ると、ゆいのひそんでいる笹藪の方に目をやった。ゆいがどうしているか気になったのである。

ゆいの姿は、見えなかった。戸口からは笹藪の陰が見えないので、いるかどうかははっきりしない。

馬場が引き戸に手をかけて引くと、すぐにあいた。土間の先に狭い板敷きの間があり、その先に障子がたててあった。

障子の向こうで、ひとの立ち上がるような気配がした。鬼仙斎と西尾は、その座敷にいるらしい。

カラリ、と障子があいた。

姿を見せたのは、西尾だった。西尾の脇から巨軀の男が、戸口を覗いている。鬼仙斎である。ふたりは、大刀を引っ提げていた。近くに置いてあった大刀を引っ摑《つか》んで立ち上がったようだ。

鬼仙斎は左手に刀を提げていた。左腕の傷は、刀をふるうのに支障はないようだ。

「来たか！」

鬼仙斎が胴間声で言った。大きな目が、薄闇のなかで底びかりしている。

「西尾、鬼仙斎、神妙にしろ！」

大杉が声を上げた。

鬼仙斎はおおきく障子をあけ、板敷きの間に出て来ると、

「さァ、上がってこい！　おれが、皆殺しにしてやる」

鬼仙斎が、土間に立っている大杉や雲十郎を見すえて言った。大きな顔が赭黒く染まり、ひらいた口から牙《きば》のような歯が覗いていた。鬼のような形相《ぎようそう》である。

……ここで、斬り合ったら何人も死ぬ！

と、雲十郎はみてとった。やはり、鬼仙斎を外に連れ出さねばならない。

「鬼仙斎！　おれと立ち合え」

雲十郎が鬼仙斎を見すえて言った。

「なに、立ち合えだと」

「それとも、狭い家のなかで討っ手にとりかこまれて、切り刻まれたいか」

「うむ……」

「さァ、外へ出ろ。それとも、おれの居合に怖《お》じ気付《け》いたか」

雲十郎がなじるように言った。

「おもしろい、首斬り人の首を、おれが落としてやる」

鬼仙斎が、土間へ出てきた。

すると、土間にいた馬場や大杉たちが、いっせいに左右に離れた。

雲十郎は後じさり、鬼仙斎に体をむけたまま敷居をまたいで外に出た。そして、鬼仙斎が外へ出てこられるように、戸口から大きく間をとって立った。

鬼仙斎は戸口から出ると足をとめ、左手に持った大刀を腰に帯びた。

「待て！　ここは狭い。脇の空き地で、堂々とやろう」

雲十郎が言った。

鬼仙斎は空き地に目をやり、

「よかろう」

と言って、雲十郎に体をむけたまま空き地に踏み込んだ。

6

雲十郎は、空き地のなかで鬼仙斎と対峙した。

思ったとおり、足場はそれほど悪くなかった。ただ、迂闊に踏み込むと草株に爪先をひっかける恐れがあった。

仕舞屋の戸口近くに、三人の討っ手がいた。馬場も、そのなかにいる。三人は雲十郎と鬼仙斎に目をむけていた。何かあれば、駆け付けるつもりらしい。

雲十郎と鬼仙斎との間合は、四間ほどあった。まだ、斬撃の間境からは遠い。雲十郎は左手で刀の鯉口を切ったが、右手は下げたままである。鬼仙斎も右手を柄に添えたが、まだ抜刀しなかった。

すこし風が出てきた。空き地の草が、サワサワと揺れている。

「立ち合う前に、おぬしに訊いておきたいことがある」

雲十郎が言った。

「なんだ」

「鬼仙流の主が、なにゆえ刺客にくわわった」

雲十郎は、鬼仙斎ほどの腕があれば、江戸に出て鬼仙流の道場をひらくこともできただろうと思った。ただし、道場を建てるだけの資金があればの話である。

「おぬしらを斬って国にもどれば、藩の剣術指南役になれる。藩のお偉方が、推挙してくれるそうだ」

鬼仙斎が言った。

「剣術指南役……」

雲十郎は、次席家老の広瀬の甘言《かんげん》だろうと思った。

「それに、江戸はおもしろい。おぬしのような遣い手と、こうやって立ち合えるからな」

そう言って、鬼仙斎が口許に薄笑いを浮かべた。

「だが、この先は冥府だぞ」

「地獄に墜《お》ちるのは、おぬしが先だ」

言いざま、鬼仙斎が抜きはなった。

すかさず、雲十郎は右手で刀の柄を握り、居合腰に沈めて抜刀体勢をとった。

鬼仙斎は上段に構えた。両肘を高くし、刀身を垂直に立てている。長刀が淡い夕闇のなかで、銀色にひかっている。

巨軀とあいまって、鬼仙斎の上段の構えは大樹のようだった。

……横霞を遣う。

雲十郎は、上段には刀身を横一文字に払う横霞に利があるとみていた。ただ、鬼仙斎の上段は構えが大きくしかも長刀なので、横霞をはなつ間合に踏み込むのがむずかしい。

鬼仙斎は、雲十郎と対峙したまま全身に気勢を漲《みなぎ》らせて気魄《きはく》で攻めていたが、

「鬼塚、いくぞ！」

と一声上げ、間合をつめ始めた。

ザッ、ザッ、と鬼仙斎の足元で、雑草を分ける音がした。鬼仙斎は爪先で雑草を分けながら間合をつめてくる。

対する雲十郎は、動かなかった。気を静めて、鬼仙斎の気の動きと間合を読んでいる。

罪人の首を打つ瞬間に似ていた。心を無にし、相手の動きを心の鏡に映して、抜きつけの一刀をはなつ機をとらえるのである。

鬼仙斎は寄り身をとめなかった。間合がせばまるにつれ、鬼仙斎の全身に気勢が満ち、斬撃の気配が高まってきた。

痺《しび》れるような剣気と時のとまったような静寂が、ふたりをつつんでいる。

ふいに、鬼仙斎の寄り身がとまった。まだ、斬撃の間境の外である。

……あと、一歩！

雲十郎が、頭のどこかで読んだとき、
タアリャッ！

突如、鬼仙斎が雷鳴のような気合を発した。

気当《きあ》てである。鬼仙斎は、抜刀体勢をとったまま塑像《そぞう》のように動かない雲十郎に威圧を感じ、気合で構えをくずそうとしたのだ。

だが、雲十郎は動じなかった。気を静めて、鬼仙斎の動きを見つめている。雲十郎の表情のない白皙が、鬼仙斎の目に死顔のように映ったかもしれない。

ピクッ、と鬼仙斎が柄を握った左手を動かし、一歩踏み込んだ。斬り込むと見せて、雲十郎を誘ったのである。

このとき、鬼仙斎が一歩踏み込んだため、横霞の抜刀の間合に迫った。

刹那、雲十郎の全身に抜刀の気がはしった。

イヤアッ！

鋭い気合を発し、雲十郎が抜きつけた。

シャッ、という刀身の鞘走る音がし、雲十郎の腰元から閃光がはしった。

横一文字に——。神速の横霞の一刀である。

間髪をいれず、鬼仙斎も上段から斬り下ろした。

真っ向へ——。

だが、雲十郎の居合の方が迅かった。

雲十郎の横一文字に抜きはなった切っ先が一瞬迅く、上段から振り下ろした鬼仙斎の左の前腕をとらえた。

鬼仙斎の切っ先は、雲十郎の肩先をかすめて空を切った。左の前腕を斬られたため太刀筋がそれたのである。

ふたりは一合した次の瞬間、大きく背後に跳んだ。ふたりとも、敵の二の太刀を恐れたのである。

雲十郎はすばやく刀身を後ろにむけて脇構えにとった。鬼仙斎の動きが迅く、納刀している間がなかったのだ。

鬼仙斎はふたたび上段に構えた。刀身を垂直に立てた大きな構えである。

「居合が抜いたな」

鬼仙斎の口許に薄笑いが浮いた。だが、眼は笑っていなかった。手負いの猛獣のように炯々《けいけい》とひかっている。

「鬼塚！　おれには勝てぬぞ」

鬼仙斎が吼えるような声で言った。

居合は抜刀してしまうと、威力が半減する。鬼仙斎は、雲十郎が脇構えにとったのをみて言ったのだ。

「そうかな」

確かに、雲十郎は居合を遣うことができない。だが、いまの一合で鬼仙斎は左腕に傷を負った。鬼仙斎も戦力を失っているはずである。

そのとき、上段に構えた鬼仙斎の刀身が大きく揺れた。上段に振りかぶった左腕から流れ出た血が、顔にかかったのだ。

鬼仙斎は顔をゆがめ、慌てて後じさった。鬼仙斎の鬼のような顔に赤い血の筋がはしり、凄まじい形相になった。

間合をとった鬼仙斎は、慌てて八相に構えなおした。左腕から流れ落ちる血で、上段に構えることができないのだ。八相に構えた刀身も揺れていた。気が乱れているのである。

……勝てる！

と、雲十郎は直感した。

鬼仙斎は、得意の上段に構えられないだけではなかった。平常心を失っていた。心の乱れは、一瞬の判断を誤らせ、体の反応をにぶくする。

「まいる！」

雲十郎が間合をつめ始めた。

鬼仙斎が動揺しているいま、勝負を決しようとしたのだ。

雲十郎は脇構えにとったまま、摺り足で鬼仙斎との間合をつめた。

ふたりの間合が一足一刀の斬撃の間境に迫るや否や、鬼仙斎が先に仕掛けた。鬼仙斎の焦りである。

鬼仙斎は雲十郎の構えもくずさず、唐突に斬り込んできた。

八相から袈裟に——。大きな斬撃だが、やや鋭さに欠けていた。

雲十郎には、鬼仙斎の太刀筋がはっきりと見えた。

タアッ！

雲十郎は鋭い気合を発し、脇構えから逆袈裟に刀をふるった。居合の抜刀の呼吸で斬り上げたのである。

袈裟と逆袈裟——。

キーン、という甲高い金属音がひびき、青火が散って、ふたりの刀身が顔面近くで弾《はじ》きあった。

次の瞬間、雲十郎は刀身を返しざま横に払った。逆袈裟から払い胴へ。一瞬の太刀捌きである。

雲十郎は、皮肉を断つ重い手応えを感じた。切っ先が鬼仙斎の腹を横に斬り裂いたのだ。

グウッ、と鬼仙斎は蟇《ひき》の鳴き声のような唸《うな》り声を上げ、腹を両手で押さえてうずくまった。刀はとり落としている。押さえた手の間から血が流れ出ていた。

鬼仙斎は、顔を上げて雲十郎を見ると、

「と、とどめを刺せ！」

と声を震わせて言った。

「承知」

すぐに、雲十郎は鬼仙斎の脇に身を寄せた。

雲十郎は、ひとは腹を深く斬ってもなかなか死なないことを知っていた。このままにしておくと、鬼仙斎を長く苦しませるだけである。とどめを刺してやるのが、武士の情けだった。

雲十郎は八相に振りかぶり、

「山田流、首斬りの太刀――」

言いざま、刀を一閃させた。

にぶい骨音がし、鬼仙斎の大きな首が前に落ちた。次の瞬間、血が凄まじい勢いで奔騰《ほんとう》した。首の血管《ちくだ》から、血が迸り出たのだ。

鬼仙斎の巨体が、血を撒きながら前に倒れた。その拍子《ひょうし》に首が脇に転がり、顔が横をむいた。カッと両眼を瞠いたまま、叢のなかを睨んでいる。

雲十郎は、刀に血振りをくれて納刀すると大きく息を吐いた。雲十郎の体中で滾《たぎ》っていた血が静まり、朱を刷いたように染まっていた顔がいつもの白皙にもどっていく。

7

雲十郎は、笹藪の脇に黒い人影があるのを目にした。ゆいだった。ゆいが笹藪の陰から出て、雲十郎を見つめている。手に懐刀を持っていた。刀身が夕闇のなかで、にぶくひかっている。

ゆいは、雲十郎と鬼仙斎の立ち合いを目にし、加勢するつもりで笹藪の陰から出てきたらしい。

ゆいは雲十郎と目が合うと、何か言いかけたが声は聞こえなかった。ゆいは雲十郎にちいさく頭を下げると、すぐに踵を返し、笹藪の陰にまわり込んだ。

姿は見えなかったが、叢を疾走する足音が聞こえた。ゆいは笹藪で雲十郎の視界を遮ったまま走り去ったらしい。

雲十郎は、仕舞屋の戸口に目を転じた。何人かの討っ手の姿があったが、馬場はいなかった。馬場も雲十郎が鬼仙斎を斃したのを見て、家に入ったらしい。

雲十郎は、小走りに戸口にむかった。土間に入ると、板敷きの間に数人の討っ手が立っていた。馬場の姿もそこにあった。あけられた障子の先の座敷に、何人か立っていた。大杉もそこにいる。

馬場は雲十郎を目にすると、

「鬼塚、みごとだったな」

と、声をかけた。やはり、雲十郎と鬼仙斎の立ち合いを見ていたらしい。

「馬場、西尾はどうした」

板敷きの間にいるのは討っ手だけで、西尾の姿はなかった。討っ手が西尾と闘っている様子もない。

「座敷だ」

馬場が座敷を指差した。

雲十郎は板敷きの間に上がり、立っている討っ手の肩越しに覗くと、座敷にへたり込んでいる西尾の姿が見えた。大杉が脇に立ち、討っ手のふたりが西尾の両肩を押さえ付けている。

西尾は、尻餅をついたまま低い呻き声を洩らしていた。元結《もとゆい》が切れて、ざんばら髪である。西尾を捕らえて間もないところらしかった。

西尾は袈裟に深く斬られたらしく、肩から胸にかけて小袖が裂け、血をどっぷり吸って蘇芳《すおう》色に染まっていた。

西尾と討っ手たちは、座敷で闘ったらしい。障子が切り裂かれ、血が小桶で撒いたように座敷に飛び散っていた。

討っ手たちのなかにも手傷を負った者がふたりいた。ひとりは腕を斬られたらしく、袖が裂けて血が滲《にじ》んでいた。もうひとりは、頰を斬られたらしく半顔が血に染まっている。ただ、ふたりとも浅手のようだった。

雲十郎は馬場とふたりで、座敷に入った。

「鬼塚、鬼仙斎はどうした」

すぐに、大杉が訊いた。

「討ちとりました」

「さすが、鬼塚だ」

大杉が感心したように言った。

「西尾はどうしますか」

雲十郎が訊いた。

「愛宕下へ連れていくつもりだ。西尾には、訊きたいことがあるのでな」

大杉は、そばにいた配下の者に、西尾を縛れ、と声をかけた。

すると、大杉の後ろにいたふたりの男が、細引を取り出し、西尾の背後にまわって縄をかけた。西尾は抵抗する気力もないらしく、男たちのなすがままになっている。

「連れていけ」

大杉が座敷にいた男たちに声をかけた。

戸口から外に出ると、裏手にまわっていた浅野たちが待っていた。家のまわりを固めていた者ももどっている。

「捕らえてある尾川と竹造は、どうしますか」

雲十郎が大杉に訊いた。

「どこにいる」

「近くの目につかない場所に、捕らえてあります」

雲十郎は、百蔵とゆいの名を口にしなかった。梟組の者は、表に出たがらないのを知っていたからである。

「ここに、連れてこられるか」

「すぐに」

「ならば、ここで待っていよう」

雲十郎は馬場を連れて、その場を離れた。

桟橋に行くと、舫ってある猪牙舟の船底に尾川と竹造の姿があった。ふたりは両手両足を縛られ、猿轡をかませられて横たわっていた。近くに、百蔵とゆいはいなかった。雲十郎たちの姿を見て、その場を離れたのかもしれない。

雲十郎と馬場は、尾川と竹造の足を縛った細引だけ解くと、立たせて大杉たちのいる仕舞屋まで連れていった。

その後、空き地に放置された鬼仙斎の死体を仕舞屋へ運び込んでから、雲十郎たちはその場を離れた。

大杉たちは西尾、尾川、竹造の三人を連れ、夜道をたどって愛宕下の上屋敷にもどった。雲十郎と馬場は上屋敷には行かず、そのまま山元町の借家に帰った。

翌日、雲十郎と馬場はあらためて上屋敷に出向き、浅野と会って、矢島も押さえて事情を訊いたらどうか、と話した。ここまでくれば、藩邸内で矢島を拘束することができると思ったのである。

「われらも、そのつもりでいたのだ」

浅野は、すぐに数人の目付たちに指示して矢島を拘束した。

その日の午後から、西尾、尾川、矢島、竹造の吟味が始まった。吟味にあたったのは、浅野たち目付である。長屋の目付たちの部屋を吟味の場にし、四人を別々に訊問したようだ。

後日、雲十郎が浅野から吟味の様子を訊いた。

竹造は隠す気などまったくなく、目付たちに訊かれるままにしゃべったという。ただ、たいしたことは知らなかった。

竹造は大松屋の番頭の登兵衛に言われ、鬼仙斎や八木沢たちを舟で送り迎えしたり、暮らしに必要な衣類や食べ物などを運んだりしただけらしい。竹造は鬼仙斎や八木沢たちが大松屋が蔵元をしている畠沢藩の家臣なので、便宜《べんぎ》を図《はか》ってやっていると思い込んでいたようだ。

西尾も、あまり隠さなかったという。自分の傷が深く、長い命でないと察知していたせいかもしれない。ただ、西尾がしゃべったのは、八木沢が口にしたこととほとんど変わらなかった。西尾の自白で分かったことと言えば、江戸の暮らしで必要な金が、尾川や島崎から渡されていたことぐらいだった。その金の出所は、松村であろう。

西尾は、愛宕下の藩邸に連れてきた三日後に死んだ。肩や胸からの出血がとまらなかったせいらしい。

矢島も覚悟を決めたらしく、あまり隠さなかった。御使番として、年寄の松村の指図で八木沢や横山と連絡をとっていたことを話した。ただ、矢島は連絡役だけらしかった。

ところが、尾川だけは、頑として口をひらかなかったという。中島町の鬼仙斎と西尾の隠れ家に行ったことでさえ、松村さまの用件で大松屋に行った帰り、舟で送ると言われて竹造の舟に乗り、途中竹造が中島町に立ち寄ったので、付き合っただけだ、と言い張ったそうだ。

「鬼仙斎と西尾のことは、まったく知らなかったのか」

浅野が語気を強くして訊くと、

「鬼仙斎と西尾の名は噂に聞いていましたが、顔を見たことがなかったので、だれか分からなかったのです」

と、尾川は平然として答えたという。

雲十郎は浅野から吟味の様子を聞いた後、それがしも、尾川から訊きたいことがあるのだが、吟味にくわわっていいかな、と訊いてみた。

雲十郎の胸の内には、松村と大松屋のかかわりを聞き出せるのは、尾川しかいない、という思いがあったのだ。

「かまわん。やってくれ」

すぐに、浅野が言った。

浅野も尾川には手を焼いているらしい。

第六章　自白

1

「尾川、おれの名を知っているか」

雲十郎が静かな声で訊いた。

山元町にある雲十郎と馬場の住む借家だった。雲十郎が、藩邸内では手荒な吟味はできないので、尾川を借家に連れていきたい、と浅野に言うと、かまわない、というので連れてきたのである。

座敷には、雲十郎、馬場、浅野、それに目付の富川がいた。尾川は駕籠に乗せて山元町まで連れてきたが、用心のため富川も供につけたのである。

八ツ半（午後三時）ごろである。曇天《どんてん》のせいか、座敷は夕暮れ時のように薄暗かった。

「お、鬼塚雲十郎……」

尾川が声をつまらせて言った。

「首斬り雲十郎とも言われている」

「……！」

尾川の顔に、怯《おび》えたような表情が浮いた。

「おれが、佐久間の首を落としたことを知っているな」

「し、知っている」

「中島町の隠れ家で、鬼仙斎の首を落としたことは？」

「……………」

尾川は何も言わなかったが、体がかすかに顫えだした。知っているようだ。鬼仙斎の死体を借家に運び込んだとき目にしたのだろう。

「尾川、おぬしを藩邸からここに連れてきたのは、なぜか分かるか」

雲十郎が、尾川を見すえて訊いた。

「い、いや……」

尾川は首を横に振った。

「ここは、吟味の場だが腹を切る場でもある。むろん、介錯はおれがする。佐久間や鬼仙斎のようにな」

「お、おれは、腹など切らぬ！」

尾川が声を震わせて言った。顔から血の気が引き、体の顫えが激しくなった。

「腹を切るか、切らぬかは、おぬししだいだ。おれが訊いたことに答えねば、生かしておいても仕方がないので、佐久間や鬼仙斎と同じようにおれが冥府に送ってやる」

雲十郎の声は静かだが重いひびきがあった。

「……！」

尾川の顔が、恐怖にゆがんだ。

「では、訊く。まず、金のことだ。松村が佐久間や鬼仙斎に金を渡していたことは分かっているが、その金はどこから出たものだ」

雲十郎は、松村と大松屋のかかわりと不正をはっきりさせたかった。それが、分かれば、松村の悪事をあばけるし、国許で勘定奉行の横瀬が暗殺された理由もさらに明らかになるだろう。

「し、知らぬ」

尾川が声をつまらせて言った。

「おぬし、何か勘違いしているようだな。おれたちは、おぬしの悪事を明らかにしようとしているのではないぞ。……おぬしが、松村の使いで動いていたことは分かっている。御使番であれば、そうせざるをえなかっただろう」

「……！」

「それとも、おぬしは松村の身を守るために、ここで腹を切るか」

「は、腹など、切らぬ！」

尾川がうわずった声で言った。

「尾川、刑場に引き出されて、首を斬られたくないと叫ぶ罪人と同じだぞ。土壇場に座らされたらどうにもならぬ。……切腹したくないなら、話すしかない」

「お、おれは、何も知らぬ」

尾川が声を震わせて言った。まだ、しゃべる気にならないらしい。

雲十郎が脇にいた馬場に、

「尾川の腹を出して、短刀を握らせてくれ」

と小声で言った。

「承知した」

馬場は、すぐに尾川の両襟をつかんでひろげ、腹を出した。そして、短刀を尾川の右手に握らせようとすると、

「お、おれは、腹など切らぬ！」

ふたたび、尾川がひき攣ったような声を上げ、両手を強く握りしめたまま身を硬くした。

「だめだ。こやつ、自分で腹を切る気はない」

馬場は諦めたらしく、短刀を尾川の膝先に置いて身を引いた。

「ならば、罪人のように首を落としてくれよう」

雲十郎は、脇に置いてあった刀を手にして抜いた。

「……！」

尾川の顔が紙のように蒼ざめ、体の顫えが激しくなってきた。

……もうひと押しで、落ちる！

とみた雲十郎は、尾川に一歩身を寄せ、

「いくぞ！」

と、声をかけて、刀を八相に構えた。

すぐに、雲十郎の全身に気勢が満ち、斬撃の気配が高まってきた。雲十郎は、まず尾川の髷を斬り落とそうと思った。それでも、尾川がしゃべらなければ、浅野の指示にしたがうしかない、と腹を決めた。

「……ま、待ってくれ」

尾川が悲鳴のような声を上げた。

「しゃべるか」

「しゃ、しゃべる……」

尾川の顔がゆがみ、両肩ががっくりと落ちた。

「もう一度訊く。松村の金はどこから出た」

雲十郎は、刀を下げて訊いた。松村から鬼仙斎や八木沢たちに渡っていた金は、大松屋から出たのだろう、と雲十郎は踏んでいた。

「大松屋だ……」

尾川が、かすれ声で言った。

「やはり、そうか。大松屋は松村に大金を渡したようだな」

雲十郎は、大松屋から松村に渡った金は、佐久間や鬼仙斎が江戸で暮らすための金だけではないとみていた。多額の金が、松村に渡っていたはずである。

「藩米や、材木などの取引きで浮いた金と聞いている」

尾川が言った。観念したのか、体の顫えが収まっている。

そのとき、雲十郎と尾川のやり取りを聞いていた浅野が、尾川の脇から、

「大松屋からの金は、国許の広瀬さまにも渡っているのではないか」

と、訊いた。さすがに、浅野もこの場では次席家老を呼び捨てにはできないようだ。

「おれには、分からない。それらしいことを、松村さまが口にされたのを聞いたこと

はあるが……」

尾川は語尾を濁した。尾川も、くわしいことは知らないらしい。

「大松屋を調べれば、分かるだろう」

浅野は雲十郎に目をやり、「つづけてくれ」と小声で言った。

「松村が、出奔した佐久間たち四人を匿《かくま》ったのはなぜだ」

雲十郎が、声をあらためて訊いた。

「そ、それは……」

尾川の声がつまった。顔がこわばっている。言いたくないらしい。

「松村は、佐久間たち四人に暗殺を頼んだのだな」

雲十郎が、尾川を見すえて訊いた。

「……！」

尾川は口をとじてしまった。また、体が顫えだした。

「佐久間たち四人に、江戸のご家老や大目付の先島さま、それに探索にあたっている浅野どのたちの命を狙わせたのだな」

雲十郎が、語気を強くして訊いた。

「……」

尾川の視線が膝先に落ちた。いっとき、尾川は身を顫わせていたが、ちいさくうなずいた。

これを見た浅野が、

「おれたちが、松村さまの不正を調べるのを阻止するためか」

と、尾川を睨みながら訊いた。

「そ、そうだ」

「ご家老を狙ったのは、どういうわけだ。不正の調べにはかかわりがないぞ」

さらに、浅野が訊いた。

「松村さまの話だと、いずれ、ご自分が江戸の家老になるために、小松さまは邪魔だと……」

尾川が声を震わせて言った。

「なに、松村が江戸家老に！」

浅野が驚いたような顔をした。

次に口をひらく者がなく、座敷は重苦しい沈黙につつまれたが、

「松村の狙いは、江戸家老に栄進することにあったのだな。そのために、佐久間たち四人に暗殺を頼んだのか」

浅野が言った。

その後、尾川に、矢島や島崎がなぜ松村の指示に従っていたのか質すと、松村は己が江戸家老になれば、矢島たちを御使番から側役《そばやく》に推挙すると話したという。側役は藩主に近侍する役で、矢島たちにすれば大変な出世である。尾川は、自分のことは口にしなかったが、尾川にも同じような栄進の話があったのだろう。

吟味がひととおり終わったところで、雲十郎が、

「尾川はどうする」

と、浅野に訊いた。雲十郎の胸のうちには、借家に監禁しておいて斬殺された島崎のことがあったのだ。

「尾川は、藩邸に連れていく。……口上書を書いてもらうことになるからな」

浅野が言った。

雲十郎と馬場は、浅野と富川といっしょに尾川を連れて愛宕下の上屋敷に出かけた。すでに、刺客である鬼仙斎や八木沢たちはいないが、念のためである。

2

日本橋川沿いの道は、大勢のひとが行き交っていた。人混みのなかに、印半纏姿の船頭、盤台を担いだぼてふり、魚介の入った箱を運ぶ魚屋の奉公人らしい男、大八車で米俵を運ぶ男などが目についた。

そこは、日本橋川にかかる江戸橋のたもと近くである。魚河岸と米河岸が付近にあるので、そこで働く人々の姿が多いようだ。

雲十郎、馬場、浅野、それに目付が四人、日本橋川沿いの道を川下にむかって歩いていた。これから、松村たちが不正にかかわった調べのために大松屋へ行くところである。松村だけでなく、大松屋の不正も明らかにするつもりだった。目付を四人も同行したのは、大松屋の帳簿類や証文などを調べるためである。

「松村だが、いま、どうしている」

歩きながら、雲十郎が訊いた。

すでに、松村が刺客として使っていた佐久間や八木沢たちは落命し、己の配下だった尾川や矢島は捕らえられて目付の吟味を受けていた。そうしたことは、松村も承知しているはずである。

「病と称して、謹慎している。……ちかいうちに己の不正が明らかになると、分かっているようだ」

浅野によると、松村は藩邸にある小屋に入ったまま姿を見せないという。その小屋を、目付や徒士などが見張っているそうだ。

「そうか。あとは、大松屋と国許の広瀬だな」

雲十郎は、大松屋も広瀬も一筋縄ではいかないだろうとみていた。

「おれたちには、大松屋からくずすしか手はないな」

浅野が顔をけわしくして言った。

雲十郎たちは、日本橋川の川面を右手に見ながら川下にむかって歩いた。日本橋川は上流に魚河岸と米河岸があるため、荷を積んだ猪牙舟、茶船などが頻繁に行き交っていた。それらの船のたてる波が汀に寄せ、足元から絶え間なく水音が聞こえてきた。

雲十郎たちは行徳河岸に着くと、大松屋の暖簾をくぐって店内に入った。

土間にいた手代らしい男が雲十郎たちの姿を目にすると、驚いたような顔をして番頭の登兵衛のいる帳場にむかった。いきなり、七人もの武士が店内に踏み込んできたからであろう。

帳場机で算盤《そろばん》をはじいていた登兵衛は、雲十郎たちの姿を見るとすぐに立ち上がり、腰をかがめたまま近付いてきた。

登兵衛は、上がり框近くに膝を折ると、

「これは、これは、浅野さま、ご苦労さまでございます」

と、笑みを浮かべて言った。だが、浅野や雲十郎たちにむけられた登兵衛の目は、笑っていなかった。警戒するようなひかりがある。

「あるじの繁右衛門は、いるか」

浅野が訊いた。

「おりますが……」

「ここに呼んでくれ」

浅野の声には、有無を言わせない強いひびきがあった。

「ここへで、ございますか」

登兵衛が、上目遣いに浅野を見ながら訊いた。

「そうだ」

「お話でしたら、奥の座敷でうかがいますが……。ここは、お客さまが出入りしますもので」

登兵衛の顔に、戸惑うような表情が浮いた。

「ここで、手筈を話してから、あるじと番頭にあらためて話を聞く。そのときは、奥の座敷を使わせてもらおう」

浅野が言った。

「……さようでございますか。しばし、お待ちを」

登兵衛は腰を上げると、帳場の脇から奥にむかった。

いっときすると、登兵衛が繁右衛門を連れてもどってきた。繁右衛門の顔にも、警戒するような表情があった。八木沢たちが斬られ、松村の配下の御使番の者たちが捕らえられたことは、繁右衛門の耳にも入っているのだろう。

繁右衛門は浅野の前に膝を折ると、

「浅野さま、いったい何事ですか」

と、困惑したような顔をして訊いた。

「すでに、聞き及んでいると思うが、藩米や特産物の材木、漆などにかかわって、一部の藩士の間で不正があることが、判明してな。これから調べねばならん。手間を取らせるが、店の帳簿や証文などを見せてもらいたい」

浅野が語気を強くして言った。

「ま、まことでございますか。当方には、まったく覚えのないことでございますが……」

繁右衛門が、驚いたように目を剝いた。

……なかなかの狸だ。

と、雲十郎は思ったが、何も言わなかった。ここは、浅野にまかせるつもりだった。

「ともかく調べさせてもらう。……繁右衛門、店にある物は隠さず出してもらうぞ。国許の帳簿と突き合わせれば、分かることだ」

「は、はい、店にある物はすべてお見せいたします」

繁右衛門は蒼ざめた顔で脇に座している登兵衛に、「番頭さん、隠さずに出してくださいよ」と小声で伝えた。

登兵衛は、「す、すべて、お出しします」と声を震わせて言った。

浅野は脇に立っている年配の目付に、

「宇津《うづ》、頼むぞ」

と、声をかけた。

宇津重五郎《じゆうごろう》は商取引の帳簿や証文などにくわしく、浅野が声をかけて連れてきたのである。

「承知しました」

宇津は上がり框近くにいる登兵衛に、

「番頭、まず帳場にある物から見せてもらおうか」

と、声をかけた。

「では、繁右衛門に話を聞かせてもらうかな」

浅野が言った。

浅野は帳簿類や証文の調べは宇津たち四人にまかせ、雲十郎と馬場といっしょに繁右衛門から話を聞くことにしたらしい。

浅野、雲十郎、馬場の三人は、以前話を聞いた奥の座敷で繁右衛門とあらためて顔を合わせた。

3

「繁右衛門、以前ここで話を聞いたとき、八木沢たちに貸したのは佐賀町と熊井町の借家だけだと明言したな」

浅野が、繁右衛門を見すえて言った。

「は、はい、そのようにお話しいたしました」

繁右衛門が、声をつまらせて言った。恵比須を思わせるような顔が、奇妙にゆがんで見えた。

「国許から出奔した西尾と鬼仙斎が、深川、中島町の家に身を隠していたが、調べたところ、大松屋の持ち家ではないか」

浅野が言った。

「そ、それは……。浅野さまがお訊きになったとき、借家とおっしゃられましたので……。中島町の家は借家ではありませんので、お話ししなかったのです」

繁右衛門が、声をつまらせて答えた。

「それはおかしい。おまえは、他に持ち家はないとはっきり申したぞ。それとも、中島町の家は、持ち家ではないのか」

さらに、浅野が追及した。

「な、中島町の家は、あまり世間には知られたくない家でしたので、伏せておいたのです。……浅野さま、まことに申しわけございません。てまえがいたらないせいで、大変なご足労をおかけしまして」

繁右衛門が、額が畳に着くほど低頭した。

「顔を上げろ。……他にも訊きたいことがあるのだ」

そう言って、浅野は繁右衛門が顔を上げるのを待ってから、

「八木沢たちを匿ったのは、松村から頼まれたからだな」

と、念を押すように訊いた。

「は、はい、松村さまに、国許から出てきた者の住む家を貸してくれと言われ、お貸ししたのです」

「おれたちが訊いたときに、なぜ、隠したのだ」

浅野の語気が強くなった。

「じ、実は、松村さまからお話があったのです。四人はわけあって身を隠しているので、だれに訊かれても話さないように強く言われていました。それで、浅野さまたちに、申し上げることができなかったのです」

そう言って、繁右衛門はまた浅野に頭を下げた。

浅野はこのことを追及しても大松屋の不正を明らかにすることはできないと思ったらしく、矛先を変えた。

「大松屋では、松村に多額の金を渡していたな」

浅野が声をあらためて訊いた。

「はい。お貸ししていました」

あっさり、繁右衛門は認めた。隠す気はないのであろうか――。

「どれほどだ」

浅野が訊いた。

「三百両でございます」

「三百両だと」

浅野の顔に拍子抜けしたような表情が浮いた。予想していたよりすくない、と思ったようだ。

「はい、松村さまからいただいた証文もございますので、番頭さんがお見せしていると思います」

繁右衛門が言った。

「それだけか」

浅野が念を押すように訊いた。

「それだけでございます。日頃、松村さまにはお世話になっておりましたので、無利子でお貸ししましたが」

繁右衛門の物言いが、すこしなめらかになってきた。金のことは訊かれると思い、手を打っておいたのかもしれない。

「国許の広瀬さまには、どうだ」

浅野が訊いた。

「広瀬さまと申されますと、ご家老さまでしょうか」

「そうだ」

「ご家老さまに、金子《きんす》を都合したことはございません。ちかごろ、お会いしたことはございませんし、そのような話をうけたまわってもおりませんから」

繁右衛門がきっぱりと言った。

「うむ……」

浅野が口をつぐんだとき、ふたりのやり取りを聞いていた雲十郎が、

「ところで、繁右衛門、勘定奉行の横瀬さまを知っているな」

と、繁右衛門を見すえて訊いた。

雲十郎は、横瀬殺しのことを持ち出して繁右衛門の反応をみようと思ったのだ。

「ぞ、存じませんが……」

繁右衛門が、声をつまらせて言った。また、恵比須のような顔がゆがんでいる。

「知らないはずはないぞ。松村から聞いているだろう」

「国許で、亡くなったとは聞きましたが」

「松村は、佐久間や八木沢たちが殺したとは言わなかったのか」

雲十郎が畳みかけるように訊いた。

「そ、そのようなことは、聞いておりません」

繁右衛門の声が震えた。

……繁右衛門は隠している。

と、雲十郎は思った。

「繁右衛門も、横瀬さまの暗殺にかかわっていたのではないのか」

さらに、雲十郎が繁右衛門を見すえて訊いた。

「め、滅相もない。……なんで、てまえが、遠く離れた陸奥国におられる勘定奉行の横瀬さまの殺しにかかわることができるのです」

繁右衛門がむきになって言ったが動揺しているらしく、雲十郎と合わせた視線が揺れている。

「まア、いい。いずれ、分かる」

ちかいうちに松村からも話を聞くはずなので、そこではっきりするだろう、と雲十郎は思った。

繁右衛門は、したたかだった。それから半刻（一時間）ほど、浅野が松村や次席家老の広瀬とのかかわりを訊いたが、繁右衛門は肝心《かんじん》なことになると、思い出せない、知らない、と言って、巧みに言い逃れた。

浅野も雲十郎たちも、多くのことが推測だったので、その場で繁右衛門から不正の確かな証を得ることはできなかった。

「今日のところは、これまでにするか。また、話を聞かせてもらうことになるかもしれんな」

そう言い置いて、浅野が腰を上げ、雲十郎と馬場もつづいた。

浅野や雲十郎の胸には、宇津たちの調べで何か出てくるかもしれないとの期待があったのである。

だが、宇津たちが調べた帳簿や証文などから、これといったことは出てこなかった。わずかな記載洩れや少額の計算ちがいはあったようだが、不正と思われるようなものではなかった。それに、繁右衛門が口にした三百両の借金の証文もあった。

大松屋からの帰りに、宇津が、

「浅野さま、国許の帳簿と照らし合わせてみませんと、確かなことは分かりません」

と、声を落として言った。

「大松屋は、われらに調べられることを予想し、不正が明らかになるような帳簿は始末しておいたのかもしれんな」

浅野が言った。

雲十郎はふたりのやり取りを聞きながら、

……まだ、松村が残っている。

と、思った。松村を訊問し、口を割れば、大松屋や次席家老の広瀬の悪事もあばけるはずである。

4

その日の午後、雲十郎は、ひさしぶりで山田道場に稽古に行こうと思って借家の戸口から出た。

路地に出ると、馬場の姿が見えた。顔を赭く染め、喘ぎ声を上げながら走ってくる。何かあったらしい。

っている。


「馬場、どうした」

すぐに、雲十郎が訊いた。

「お、鬼塚、じ、自害した」

馬場が、ハァ、ハァと荒い息を吐きながら言った。紅潮した大きな顔が、汗でひか
っている。

「だれが、自害したのだ」

「と、年寄の松村……」

「なに、松村だと！」

思わず、雲十郎が声を上げた。

「こ、小屋で、腹を切ったらしい」

馬場が、松村の自害を知らせるために急いで借家にもどったことを言い添えた。

「行ってみよう」

雲十郎は、山田道場へ行くのはやめようと思った。

「おれも行く」

馬場は、手の甲で額の汗を拭いながら言った。

雲十郎は手にしていた木刀の入った剣袋を家にもどしてから、馬場といっしょに愛

宕下にむかった。

藩邸への道すがら、馬場が話したことによると、松村は覚悟の自害だったらしく、白衣に着替えていたそうだ。書き置きのような物はなく、身近にいた中間や小者にも自害するような素振《そぶ》りは見せなかったらしいという。

雲十郎と馬場は藩邸に入ると、すぐに松村の小屋にむかった。

戸口に、数人の藩士が集まっていた。雲十郎と顔見知りの富川もいた。いずれも、目付や徒士たちである。

「鬼塚どの、馬場どの、なかへ」

富川が、けわしい顔で言った。

雲十郎と馬場は、戸口からなかに入った。土間の先に狭い板敷きの間があり、その奥がひろい座敷になっていた。ふだんは、障子がたてられているようだが、いまはあけられていた。その座敷に、十数人の藩士が立っていた。先島、大杉、浅野の姿もあった。どの顔にも悲憤の色があった。

雲十郎たちが板敷きの間に上がると、浅野が顔をむけて、

「ここへ」

と、小声で言った。

雲十郎と馬場は浅野に身を寄せ、集まっている藩士たちの肩越しに座敷のなかほどに目をやった。

白装束の男が俯せに倒れていた。顔は見えなかったが、松村らしい。座敷は、どす黒い血の海である。

……首を切ったか！

雲十郎は、松村の首のまわりの出血が激しいことから、腹を切った後で首を掻き切って果てたことを知った。

切腹の後、己の首を切って果てることはよくあることだった。たとえ、腹を深く斬り裂いても、すぐには死なない。下手をすると、苦しみのあまり、腹から臓腑《ぞうふ》を溢《あふ》れさせてのたうちまわる醜態を晒《さら》すことになる。そうならないために介錯人がいるのだが、ひとりの場合は腹を切った短刀で己の首を切ったり突いたりして、果てる者もいる。

……みごとな切腹だ。

と、雲十郎は思った。腹を切った後、己で首を掻き切って果てるのは、よほどの剛の者でなければできないのだ。

雲十郎は、松村に掌《てのひら》を合わせてから身を引いた。どんな罪人であれ、死者に罪はない。しかも、松村は武士らしく切腹の後、首を切って果てたのだ。雲十郎は、松村が浄土に行けるよう願ったのである。

雲十郎と馬場は、戸口から外に出た。先島や大杉のいる場にとどまっているのは、気が引けたのだ。

雲十郎たちにつづいて、浅野も戸口から出てきた。

「自害するとはな……」

浅野がつぶやいた。顔に苦悶《くもん》の色がある。

「おれも、腹を切るとは思わなかった」

松村は出世欲に目が眩《くら》み、己の望みを達成するためには手段を選ばない卑劣《ひれつ》な男だ、と雲十郎はみていた。だから、松村はどんなに追いつめられても、自害するようなことはないと思っていたのだ。

「逃げられないと、観念したのだな」

浅野が肩を落として言った。

「そのようだ」

「これで、国許の広瀬や大松屋を追及する手が、断たれたな」

浅野が、無念そうな顔をして言った。

「うむ……」

雲十郎も、広瀬や大松屋の悪事をあばくのはむずかしいだろうと思った。

次に口をひらく者がなく、雲十郎たちは沈痛な顔をして立っていた。

「そう、悲観することはないぞ」

ふいに、馬場が顔を上げて言った。

「考えてみろ、おれたちは刺客として国許から出てきた佐久間たち四人を始末し、ご家老や先島さまのお命を守ったのだ。それに、松村の陰謀を阻止《そし》し、配下の者たちを捕らえることもできたではないか」

「だがな、国許で殺された横瀬さまの件は、まだ闇のなかだ」

雲十郎が言った。

横瀬を暗殺した佐久間たち四人の始末はついた。だが、佐久間たちに横瀬の暗殺を指示した陰の黒幕は、まだ残っている。

「確かに、国許のことはまだ始末がついていない。だが、江戸にいるおれたちが、国許で起こったことまで解決しようとすることが、そもそも無理なのではないか」

馬場が言った。

「馬場の言うとおりだ。国許には国許の目付がいる。いまでも国許では、横瀬さまが殺された件の探索がつづけられているはずだ。……それに、大松屋の件は、まだ調べてみるつもりなので何か出てくるかもしれん」

浅野が言った。

「そうだな」

雲十郎は胸の内で、おれたちが事件に手を出すのはここまでかとつぶやいた。

そのとき、脳裏にゆいのことがよぎった。中島町の隠れ家で鬼仙斎と立ち合った後、ゆいの姿を見たが、それっきりでどこで何をしているのかも分からない。

……ゆいは、まだ江戸にいるのだろうか。

雲十郎は、このまま会えないのは何となく寂《さび》しい気がした。

5

……だれか、来ているようだ。

雲十郎が山田道場での稽古を終え、山元町の借家の前まで来ると、家のなかで話し声が聞こえた。縁側につづく座敷で、馬場がだれかと話しているらしい。

雲十郎は戸口の引き戸をあけて、家に入った。

家のなかで、鬼塚が帰ってきたようだ、という馬場の声がし、つづいて戸口にむかって、

「鬼塚、浅野どのがみえてるぞ」

と、大きな声が聞こえた。

雲十郎は、すぐに馬場たちのいる座敷にいってみた。

馬場と浅野が、座敷のなかほどに座していた。膝先に湯飲みがある。おみねはいないようなので、馬場が茶を淹《い》れたらしい。

雲十郎が浅野と対座すると、

「昨日、国許から先島さまに書状がとどいてな。此度の件の始末があらかたついたようなので、ふたりに知らせにきたのだ」

浅野が言った。

年寄の松村が藩邸内で腹を切ってから一月ほど過ぎていた。この間、浅野と目付たちは、大松屋の調べをつづけていたらしい。雲十郎は山田道場での稽古に通うようになり、馬場は本来の徒士の任務にもどっていた。

「次席家老の広瀬は、どうなった」

雲十郎は、気になっていたことを訊いた。

松村が自害して五日ほど経ったとき、雲十郎は、先島の上申書と事件にかかわった尾川や矢島の口上書が、城代家老の粟島にとどけられたと浅野から聞いていた。そのなかに、広瀬が事件にかかわったことを匂わす記述もあったという。ただ、尾川や矢島が自白したことをそのまま記したもので、広瀬に関しては推測が多く確かな証はないそうだ。

「広瀬さまに、咎《とが》めはないらしい」

浅野が残念そうに言った。

「やはりな」

江戸の御使役が推測で口にしたことを根拠に、次席家老の重職にある者を処罰するのは無理だと雲十郎もみていた。

「ただ、広瀬さまは謹慎しているそうだ」

浅野が言った。

「なぜ、謹慎しているのだ」

「勘定奉行の殺害を防げなかったのは、国許にいる己にも責任の一端があると言って、しばらく謹慎したい、と殿に申し出たそうだよ」

「もっともらしい言い分だが、疑いの目を逸《そ》らすためだな」

ほとぼりが冷めれば、すぐに次席家老の座にもどるだろう、と雲十郎はみた。

「まだ、国許の目付たちが横瀬さまが殺された件の探索をつづけているので、それに期待するしかないな」

「広瀬め、うまく逃げたな」

馬場が不満そうな顔をして言った。

「ところで、尾川や矢島は」

雲十郎が訊いた。

「国許に帰されることになったよ。おそらく、国許で何らかの沙汰《さた》が下されるはずだ。……尾川たちは松村の命でやむなく動いた面もあるし、その後の吟味では隠さず話しているので、御役御免か減石ぐらいで済むのではないかな」

「大松屋は」

雲十郎は、大松屋のことも気になっていたのだ。

「大松屋は広瀬と同じだ。うまく、逃げられたよ」

浅野によると、その後の調べで、帳簿の記載洩れや船荷の廻漕費用の計算ちがいなどが見つかったが、いずれも少額で不正と言えるようなものではないという。請書《うけしょ》や証文などはあまりなく、不正を裏付けるものは見つからなかったそうだ。

「大松屋が、処分してしまったのかもしれない」

浅野が無念そうに言った。

「それで、大松屋はお咎めなしか」

馬場が渋い顔をして訊いた。

「藩からのお咎めはないが、繁右衛門が藩に献金を申し出たそうだよ」

「献金だと」

馬場が訊いた。

「繁右衛門の言い分は、こうだ。知らなかったこととはいえ、国許で悪事を働いた四人を大松屋の持ち家に住まわせていたのはまちがいないので、献金はお詫《わ》びのしるしだそうだよ」

「それで、献金はどれほどなのだ」

「千両だそうだ」

「千両か……」

馬場が目を剝いて、溜《た》め息をついた。馬場にとっては、途方もない大金である。

雲十郎は馬場と浅野のやり取りを聞きながら、

……大松屋も広瀬と同じ手を使ったのだ。

と、思った。大松屋ほどの大店になれば、千両はそれほどの大金ではない。献金を申し出ることで、疑いの目を逸らすとともに、これ以上の調べをやめさせる狙いがあったにちがいない。

「いずれにしろ、江戸におけるおれたちの調べは終わった」

浅野はそう言ったが、顔は曇《くも》っていた。やはり、大松屋や国許の広瀬まで手がとどかなかったことが、心残りなのであろう。

それから、浅野は半刻(一時間)ほど話し、

「また、何かあったら手を貸してくれ」

と、雲十郎と馬場に言ってから腰を上げた。

浅野が帰ると、雲十郎と馬場は酒の入った貧乏徳利と湯飲みを持ち出し、座敷で飲み始めた。何となく気分が重く、酒でも飲んで気を晴らそうと思ったのである。

座敷が暗くなり、行灯に火を入れていっときすると、馬場は酒がまわって眠くなったらしい。

「鬼塚、先に寝るぞ」

馬場はそう言い残し、さっさと奥の寝間に入ってしまった。

雲十郎は、貧乏徳利と湯飲みを手にしてひとり縁側に出た。まだ、飲みたりなかっ

たのである。外気は冷たかったが、すこし酔いのまわった雲十郎には心地好かった。縁側に出て小半刻（三十分）もしただろうか。雲十郎は、戸口の方から近付いてくるかすかな足音を聞いた。

……ゆいだ！

雲十郎は近付いてくる足音と気配から、すぐにゆいと分かった。

ゆいは闇にとける装束に身をつつんでいたが、頭巾はかぶっていなかった。色白の顔が夜陰のなかに浮かび上がっている。

ゆいは縁先まで来ると、以前もそうしたように地面に片膝をついて身を低くした。

「雲十郎さま、お久しゅうございます」

ゆいが雲十郎を見つめて言った。

「ゆい、もう江戸にはいないかと思っていたぞ」

雲十郎は、松村の切腹後、ゆいも百蔵もまったく姿を見せなかったので、すでに江戸を離れ国許に帰ったのかと思っていた。

「念のため、百蔵どのとふたりで、松村とかかわりのあった者たちの身辺を探っておりました」

ゆいが言った。

「それで、何か分かったのか」

「残念ながら、此度の件にかかわることはつかめませんでした」

ゆいによると、松村が事件にかかわっていることが藩士たちの間で噂されるようになると、松村に与していた者たちは用心して近付かなくなったという。

「それで、ゆいと百蔵どのは、これからどうするのだ」

雲十郎が訊いた。

ゆいは、雲十郎を見つめて戸惑うような表情を浮かべると、

「明日、江戸を発《た》って国許に帰ります」

と、小声で言った。どうやら、ゆいは雲十郎と別れることを知らせにきたらしい。

「早いな」

雲十郎は、ゆいに江戸にとどまって欲しいと思ったが、口にはしなかった。梟組の者が勝手に江戸にとどまることは、許されないだろう。

「百蔵どのも、いっしょです」

「寂しくなるな」

雲十郎がつぶやくように言った。

いっとき、ふたりは黙したまま顔を見合わせていたが、

「雲十郎さま、ゆいは江戸にもどってまいります。……かならず」

そう言って、ゆいはせつなそうな顔をした。だが、すぐにその表情は消え、梟組の者らしいひきしまった顔になった。

「雲十郎さま、これにて」

ゆいは立ち上がると、雲十郎に一礼して踵を返した。

雲十郎は、闇のなかを去っていくゆいの後ろ姿を目にしながら、

……もう一度、ゆいと会えるだろうか。

と、つぶやいた。

ゆいの姿は深い夜陰のなかに消え、足音も聞こえなくなっていた。

一〇〇字書評

冥府に候

切・り・取・り・線

購買動機（新聞、雑誌名を記入するか、あるいは○をつけてください）	
□（	）の広告を見て
□（	）の書評を見て
□ 知人のすすめで	□ タイトルに惹かれて
□ カバーが良かったから	□ 内容が面白そうだから
□ 好きな作家だから	□ 好きな分野の本だから

・最近、最も感銘を受けた作品名をお書き下さい

・あなたのお好きな作家名をお書き下さい

・その他、ご要望がありましたらお書き下さい

住所	〒				
氏名		職業		年齢	
Eメール	※携帯には配信できません		新刊情報等のメール配信を 希望する・しない		

この本の感想を、編集部までお寄せいただけたらありがたく存じます。今後の企画の参考にさせていただきます。Eメールでも結構です。

いただいた「一〇〇字書評」は、新聞・雑誌等に紹介させていただくことがあります。その場合はお礼として特製図書カードを差し上げます。

前ページの原稿用紙に書評をお書きの上、切り取り、左記までお送り下さい。宛先の住所は不要です。

なお、ご記入いただいたお名前、ご住所等は、書評紹介の事前了解、謝礼のお届けのためだけに利用し、そのほかの目的のために利用することはありません。

〒一〇一 - 八七〇一
祥伝社文庫編集長 坂口芳和
電話 〇三（三二六五）二〇八〇

祥伝社ホームページの「ブックレビュー」からも、書き込めます。
http://www.shodensha.co.jp/bookreview/

祥伝社文庫

冥府《めいふ》に候《そうろう》 首斬《くびき》り雲十郎《うんじゅうろう》

平成26年 2 月20日　初版第1刷発行

著　者　鳥羽《とば》 亮《りょう》
発行者　竹内和芳
発行所　祥伝社《しょうでんしゃ》
東京都千代田区神田神保町 3-3
〒 101-8701
電話　03（3265）2081（販売部）
電話　03（3265）2080（編集部）
電話　03（3265）3622（業務部）
http://www.shodensha.co.jp/

印刷所　萩原印刷
製本所　関川製本
カバーフォーマットデザイン　中原達治

 ISBN978-4-396-34013-1 C0193

祥伝社文庫の好評既刊

鳥羽 亮 新装版 鬼哭《きこく》の剣 介錯人《かいしやくにん》・野晒《のざらし》唐十郎①

首筋から噴出する血の音から名付けられた奥義「鬼哭の剣」。それを授かる唐十郎の、血臭漂う剣豪小説の真髄！

鳥羽 亮 新装版 妖《あやか》し陽炎《かげろう》の剣 介錯人・野晒唐十郎②

大塩平八郎の残党を名乗る盗賊団、その陰で連続する辻斬り…小宮山《こみやま》流居合の達人・唐十郎を狙う陽炎の剣。

鳥羽 亮 新装版 妖鬼飛蝶の剣 介錯人・野晒唐十郎③

小宮山流居合の奥義・鬼哭の剣を封じる妖剣〝飛蝶の剣〟現わる！　野晒唐十郎に秘策はあるのか!?

鳥羽 亮 新装版 双蛇《そうじや》の剣 介錯人・野晒唐十郎④

鞭の如くしなり、蛇の如くからみつく邪剣が、唐十郎に襲いかかる！　疾走感溢れる、これぞ痛快時代小説。

鳥羽 亮 新装版 雷神の剣 介錯人・野晒唐十郎⑤

かつてこれほどの剛剣があっただろうか？　剣を断ち折って迫る「雷神の剣」に立ち向かう唐十郎！

鳥羽 亮 新装版 悲恋斬り 介錯人・野晒唐十郎⑥

女の執念、武士の意地……。兄の敵討ちを依頼してきた娘とその敵の因縁とは。武士の悲哀漂う、正統派剣豪小説。

祥伝社文庫の好評既刊

鳥羽 亮
新装版
飛龍の剣
介錯人・野晒唐十郎⑦

道中で襲い来る馬庭念流、甲源一刀流、さらに謎の幻剣「飛龍の剣」が…危うし野晒唐十郎！

鳥羽 亮
新装版
妖剣おぼろ返し
介錯人・野晒唐十郎⑧

唐十郎に立ちはだかる居合術最強の敵。おぼろ返しに唐十郎の鬼哭の剣はどこまで通用するのか⁉

鳥羽 亮
新装版
鬼哭《きこく》 霞飛燕《かすみひえん》
介錯人・野晒唐十郎⑨

同門で競い合った男が敵として帰ってきた。男の妹と恋仲であった唐十郎の胸中は——。

鳥羽 亮
新装版
怨刀《おんとう》 鬼切丸《おにきりまる》
介錯人・野晒唐十郎⑩

唐十郎の叔父が斬殺され、献上刀〝鬼切丸〟が奪われた。叔父の仇討ちに立ちはだかる敵とは！

鳥羽 亮
悲の剣
介錯人・野晒唐十郎⑪

尊王か佐幕か？ 揺れる大藩に蠢く謎の刺客「影蝶」。その姿なき敵の罠で唐十郎は絶体絶命の危機に陥る。

鳥羽 亮
死化粧《しにげしょう》
介錯人・野晒唐十郎⑫

闇に浮かぶ白い貌に紅をさした口許。秘剣下段霞を遣う、異形の刺客石神喬四郎が唐十郎に立ちはだかる。

祥伝社文庫の好評既刊

鳥羽　亮
必殺剣虎伏《とらぶせ》　介錯人・野晒唐十郎⑬

切腹に臨む侍が唐十郎に投げかけた謎の言葉「虎」とは何か？　鬼哭の剣も及ばぬ必殺剣、登場！

鳥羽　亮
眠り首　介錯人・野晒唐十郎⑭

奇妙な辻斬りが相次ぐ。それは唐十郎に仕掛けられた罠。そして恐るべき刺客が襲来。唐十郎に最大の危機が迫る！

鳥羽　亮
双鬼《ふたおに》　介錯人・野晒唐十郎⑮

最強の敵鬼の洋造に出会った孤高の介錯人狩谷唐十郎の、最後の戦いが始まった！「あやつはおれが斬る！」

鳥羽　亮
京洛斬鬼　介錯人・野晒唐十郎〈番外編〉

江戸で討った尊王攘夷を叫ぶ浪人集団の生き残りを再び殲滅すべく、伊賀者・お咲とともに唐十郎が京へ赴く！

鳥羽　亮
真田幸村の遺言　上　奇謀

〈徳川を盗れ！〉戦国随一の智将が遺した豊臣家起死回生の策とは⁉　豪剣・秘剣・忍術が入り乱れる興奮の時代小説！

鳥羽　亮
真田幸村の遺言　下　覇の刺客

江戸城〈夏の陣〉最後の天下分け目の戦——将軍の座を目前にした吉宗に立ちはだかるは御三家筆頭・尾張！